マエストロ行方しれず

泉竹史

郁朋社

マエストロ、行方しれず／目次

マエストロ、行方しれず

第一章　颪の館

カツ、カツン、カツカツ、カツ、カツン……

不規則な靴音がせっかちに鳴り渡っている。

一九〇七年、ウィーンの秋。鎌のような月が夜の空に貼り付いている。

「今になってわたしの意見に賛成するだと！　何という破廉恥なことを。わたしを何だと思っているのか」

小男のグスタフ・マーラー氏は、よれよれのオーバーコートから拳を振り上げながら、ローテントルムの大通りを歩いていた。

「ふん、この先オペラ劇場がどうなろうと、わたしの知ったことか。大公の自業自得というものだ！」

マーラー氏の罵声が、壁に当たってはねかえる。

事の起こりは、この年の三月、ウィーン宮廷オペラ劇場監督であったマーラー氏が、劇場のスケジュール表にうっかり自分の私的な演奏計画を書き込んでしまった不手際に始まる。復活祭後の欄に「ローマ、コンサート三回」とやったものだ。石を投げれば敵にぶつかるというほどいたマーラー氏の敵の一人がそれを見て、オペラ劇場の支配人たるモンテヌオーヴォ大公に早速注進した。マーラー氏は大公に対し、これは間違って書いたもので最初から休暇をとってローマに行くつもりだった、と弁明したが、かねてからマーラー氏のやり方に不満をもっていた大公はそんなことは初耳だといい、ついにマーラー氏に絶縁状をたたきつけた。

――オペラ劇場の仕事をほうりだして自分の作曲の宣伝ばかりしている監督は、うちではいらない。

マーラー氏も負けてはいなかった。

――音楽監督が自作で名をなすことは劇場にとっても名誉なことではないのか。

しかしこの意見はモンテヌオーヴォ大公の採るところとはならなかった。

――ならば後のことはどうぞご勝手に。

マーラー氏の捨てゼリフはじつは大公の思うつぼであった。才能はあるが偏屈で扱いにくいこの男を何とかして追い出してしまいたいと、大公はきっかけを待っていたのである。自分から出ていく、結構なことではないか。

ところがそう結構ではなかった。一騎当千ぞろいの面倒な楽団員を相手に一歩も引かず、手綱を捌《さば》き切っていたマーラー氏のあと釜に坐ろうという自信にあふれた指揮者など、どこを捜してもいなかったのである。モンテヌオーヴォ大公はやむなくマーラー氏にオペラ劇場への復帰を要請した。

——君のいう通りだ。音楽監督が自作で有名になるのは名誉なことだ。

マーラー氏はそれみたことかと思うよりも先に、後継者が見つからないことで掌を返す態度に出た大公に対して完全に頭にきていた。大公の翻意はインチキでしかない。しかし、マーラー氏はここで珍しく最大限に自重し、せいいっぱいの皮肉をいった。

——いや、やはり大公のおっしゃる通りです。音楽監督たるもの、劇場に専念しなければなりません。わたしはその器ではありません。

だがこの自重は長続きしなかった。劇場の顧問室からの帰り道、冒頭に述べた罵声となって放出されたのである。

「一杯やらんことにはおさまらんわい」

めったにないことが続く。マーラー氏がひとりで街の酒場に入ることなどあったためしがない。案の定マーラー氏は泥酔し、そこに居あわせた文士連中と口論した挙げ句、ゴミのように街路に掃きだされた。

「どいつもこいつもエセ教養に漬かったクズばっかりだ！　真の芸術を理解しておるものなどど

こにもおらん」

悪態をつきながらマーラー氏は薄暗い路地を歩いてゆく。

ぶつぶつ呟いているうちマーラー氏は見慣れぬ通りに入り込んでいることに気が付いた。そういえば夜空にかかっていた鎌のような三日月も見えない。いつになく夜の闇が体に重くまとわりついた。

「おかしいな」

絹のポケットチーフを取り出し、眼鏡を拭いてかけなおしてみても同じだった。迷ったかと思い、マーラー氏はいま来た道を戻りかけた。するとその建物があった。

『風の館』

ヤミソールゴット街にある骨董品屋のような古めかしく仰々しい看板にそう書いてある。

——風の館、だと？

マーラー氏は少し酒が過ぎたようだと思いながら、流行遅れの眼鏡をはずして目頭を指でなぶる。だがもう一度小さい茶色の眼で見直しても、看板の文字は変わらない。

「こんなところがあったかな」

重そうな木の扉をためしに叩いてみる。すると中からかすかに、

「どうぞ」

という声が聞こえてきた。マーラー氏はためらった。何となく不吉な胸騒ぎを覚えたのである。その時、マーラー氏は視界の縁に不審な男の影を認めた。さっきの酒場からつけられていたらしい。影はまだ遠くにあったが、なおもこちらに近づいてくる。マーラー氏の動悸が早くなる。ぐずぐずしている暇はなかった。

ふるえる手で扉を押し開けると、急いで扉を締め、しばらく背中で外の気配をうかがった。影との距離はかろうじて保たれ、この建物に入ったことまでは察知されなかったようだ。

安心すると、どっと汗が噴き出した。そのとたん、室内に立ちこめていた胡椒やらターメリックやら東方産の香料の匂いが襲いかかってきた。入り際の大部屋には厚さが人の頭蓋ほどはあろうかというマホガニーのテーブルが見える。表面には大小さまざまなガラスの花が咲き誇っていた。複雑な角度に曲がりくねったいろんな大きさのレトルトの群れだった。その隙間にはタロットカードが無造作に投げ置かれている。

テーブルを囲むように四方の壁は天井まで木棚で埋められ、雑多な品物が所狭しと鎮座している。エトルリアの壷らしきものやら、古代ギリシアのアンフォラ、見たこともない大きさの銀化したローマン・グラス、西アジアの金銅のランプ、スキタイの黄金の動物意匠金具、楔形文字の刻まれた石板などなど。それぞれに経てきた歴史の埃と妖気を発散させながら、それらは客を待っていた。奥の小部屋にはまた別のレトルトの群落が眺められた。

「どうぞこちらへ」

しわがれた声がした。

第二章　モーゼ像

『ルビコン川を渡るカエサルの頭上に渦巻いた風』
『ロシアから退却するナポレオンの頬を打った風』
『バイキングを最初にアメリカ大陸に到着させた風』
『レオナルド・ダ・ヴィンチの第二飛行機械を襲った風』
『古代中国に生息していた大鵬の羽ばたきの風』
『バベルの塔の崩壊で吹き上げられた旋風』
『ルードヴィッヒⅡ世の地底湖の涼風』
『ハンの艦隊がジパング侵攻の際に遭遇した怒風』
『バスコ・ダ・ガマが喜望峰を通過した時の疾風』

『ノアの箱船を導いた初めの一吹き』

奥に入るにつれてマーラー氏の眼に触れたいくつかのレトルトのラベルにはそう書いてある。有史以前から近年に至るまであらゆる時代の、あらゆる土地の風の断片がここにあることを、それらのラベルは主張していた。

ナポレオンが退却を余儀なくされた冬将軍が詰め込まれたと称するレトルトの中は、確かに白灰色に濁り、希代の英雄の苦悩を宿して勝手にうごめいている。ルードヴィッヒⅡ世のそれは、バイエルン王の狂気に感応した薄紫色の妖しげな誘惑を漂わせている。ハンのジパング侵攻とは何のことやらわからないが、中は眠ったような黄色い土気色。かつて黄金に盈ち溢れていたというジパングの細かい箔片かもしれない。

とほうもないサンプルだが、バベルの塔や箱船の時代のそれに至っては収集自体が不可能なはずだ。箱船の最初の一吹きなどどうして採取されようか。噴飯ものとしか言いようがない。

——ふん。わたしを騙そうとしてもそうはいかないぞ！

マーラー氏は次第に腹が立ってきた。モンテヌオーヴォ大公のインチキに対する怒りがまだ尾を引き、爆発のきっかけを待っていたのである。

「何かご用かな？」

部屋の奥で寛ろいでいた主人が、いきまくマーラー氏におだやかに尋ねてきた。ぶ厚い眼鏡越しにマーラー氏はその人物を見つめた。

近付いてくるのは、小柄なマーラー氏からすれば壁のごとく大きな老人だった。それに顎にたくわえられた銀色の瀑布、きびしく彫琢された鼻梁、長い間に亘って怒号を迸らせたような岩肌の唇、高く張りだした白い眉根、その下の奥深くで青く炯々と輝く二つの光。神々しさの現前とはこれをいうのだろう。幼少の頃父親に対しておぼえた無力感以来、マーラー氏は自信を打ち砕かれるこれほど強い畏怖の念に襲われたことがない。だが、ゆらぐ意識の隅を、この人物にはすでに出会ったことがあるという思いがかすめていった。

まもなくマーラー氏はその顔に見覚えがあることを思い出した。ローマへの演奏旅行のついでに立ち寄った際、聖ピエトロ・イン・ヴィオコリ寺院で見たミケランジェロのモーゼ像だった。その超絶した威容の前に日頃はキリスト教寺院への立ち入りを拒む「黒鶴の群れのような」ユダヤ人までが礼拝に訪れたというあの像だ。十五世紀のユダヤ人達はそこで何を考えたのか、その時マーラー氏にはわかりすぎるほどよくわかった。神との出会いのためシナイ山に登ったモーゼの長すぎる籠山を待ちきれなかったユダヤの民は、黄金の牛を奉じる邪教の饗宴に走り、神からの律法を携えて下山したモーゼのすさまじい怒りに触れた。その同じ怒りに触れるため、先祖が罰せられたと同じ罰を受けるためにユダヤ人は集まってきたのだった。絶望的な現状から抜け出、神の救済にすこしでも近付けるものならばと考えて。

もちろん店の主人とモーゼ像が似ていることは、偶然の一致にすぎない筈なのだが、弱気になっていたマーラー氏はそこに意味深い運命の冥合を読み取ろうとしていた。わたしは罰せられるためにここに導かれたのだろうか。

「お腹立ちのようにお見受けしたが」

主人がそう尋ねた。大地の響きがその声にみなぎる。だれが一体〈モーゼ〉を前にしてまともな口をきくことができようか。

「い、いや……ただ珍しいコレクションであると――」

「コレクション!」

〈モーゼ〉は短く預言者の叫びを発して黙り込んだ。白い眉は深く瞼を覆い、額には幾星霜を経た瞑想の皺が刻み込まれる。マーラー氏は何か決定的な過ちを犯したような気がした。人との会話の途中、ふと考えに沈み込んでしまう癖がマーラー氏にはあったが、沈黙に耐えきれず口火を切るのは常に相手のほうだった。こんなことは滅多にあるものではない。

「べつに失礼なことをいうつもりはなかったのですが……」

おずおずとマーラー氏がいうと、〈モーゼ〉が右に傾いた。眠ってしまったらしい。

「あの――」

「ああ、失礼。何の話でしたかな」

「珍しいコレクションだと……」

「そうそう、それじゃ。あー、ところでコレクションとは何のことですかな」

「え、ええ、ご主人の好みで集めた蒐集品が素晴らしいということですが」

「好み？　好みではありませんぞ、あなた！　わしが自分の好みでこのようなものを集めているとお思いか⁉」

黄金の牛を打ち砕いた怒れるモーゼが現われ出ようとしていた。マーラー氏はまたしくじったと思った。

「いえ、賞賛するつもりでそう申し上げたまででして……」

なぜわたしはこんな弁解をせねばならないのか、理不尽な、と思いながら、モーゼの怒りの潮が引くのを見るとやはり胸をなでおろした。預言者の怒りというのはそもそも理不尽なものなのかもしれない。黄金の牛を造ったユダヤの民もべつにモーゼから離反しようとしたわけではなかったのだ。四十日四十夜にわたるモーゼの不在に耐え切れなかったため、神のすみやかな顕現を求めたのだ。黄金の牛の制作を直接指揮したのはモーゼの兄弟アロンだ。もしアロンが、いつ戻るかわからないモーゼへの盲目的服従を彼らに強要したままだったら、事態はもっと深刻なものになっていたかもしれないのだ。迫害され続けてきた民の疑心暗鬼の地盤は、容易には打破されない。不安の累積が生み出す犯罪や暴力の横行、さらには社会的恐慌と民族の解体をくいとめるために、黄金の牛を持ち出さざるをえなかったというのがきっと真実なのだ。もちろんモーゼはそういったことにはほとんど思慮をめぐらすことなく、その民の上に思う存分超人的な怒りをまき散らした。だが、これなどはまだいいほうである。あのヨブが神からこうむった理不尽なふるまいといったら――

「いかんな、これは……こうではない」

〈モーゼ〉が何ごとか呟き、マーラー氏の想念は中断された。

「は？」

とマーラー氏が訊く。

「こちらのことじゃ……ところで、何の話でしたかな」

こんどは慎重にことばを選ぶ。

「大変貴重な歴史的遺産ばかりで、感心して眺めていたところです」

〈モーゼ〉はじっとマーラー氏を見つめている。マーラー氏は自分の掌が汗ばんでくるのがわかった。再びわたしは間違いをしでかしたのか。

「むろんじゃ。わしが丹精込めて集めてきたものばかりじゃからな」

〈モーゼ〉はそういいながら機嫌よく荒鷲のように右腕を旋回させた。マーラー氏は安心した。

「お見受けしたところ、あらゆる時代のあらゆる場所の、何というか、『風』に関係のある品物が並んでいますね」

「さよう」

「もしこれらが本当だとすると感嘆すべきことなのですが――」

預言者の怒りは御免蒙りたいが、しかし好奇心と探究心がまさった。

「わたしにはどういうことなのか理解できません」

そういいながら、マーラー氏は生唾を呑込んだ。幸い〈モーゼ〉は灰白色のツンドラのように鳴りをひそめている。

「何がじゃな」

「その、どうやって『風』の断片が蒐集できるのかということですが」

「何造作もないことじゃ。その場で袋を風にかざすだけでよい」

「……それはそうでしょうが、問題はどうやってその場に居あわせられるかということのほうであって……つまり、これほど多くの歴史的現場に立ち会うことは不可能なはずだ、といっているんです」

〈モーゼ〉は最初何をいっているのかわからないという顔をした。次に怒りに満ちた土気色の塑像に変わり、最後に諦めとも憐れみともとれる青白い石膏像のような表情を浮かべた。

「何とも救われぬ男じゃのう」

「は?」

「おぬしのいいたいのは、わしが嘘をついているということじゃな」

「い、いいえ、何もそういっているのではなく、それが真実であるに越したことはないわけで、ただそれが真実である可能性を信じられる理由がほしいといっているわけでして——」

「やかましい! この偉大なる風の軌跡を前にしてそれが信じられぬじゃと。おぬしはいつもそうだ、ピュロンの徒、懐疑主義者だ。だがおぬしはずっと救済を求めているのではなかったのか。懐疑主義者には救済はないぞ」

「どうしてそれを?」

「わしがそんなことぐらい知らんとでも思っておるのか。偉大な蒐集者たるこのわしが」

この老人に会ったことがあるのかな、とマーラー氏は再びいぶかしんだ。救済を求めていることはその通りだった。朋友リヒャルト・シュトラウスにはこのところ会う度ごとにいわれていた。君の渇望する魂の平安というのは神の救いか死か以外にはない、しかしいったいそんなたわごとをなぜ望むのか僕にはまったく理解できない、と。

マーラー氏にはこのところ悲痛な出来事が続いていた。この世で最愛のものが次々に失われてゆく。この七月には長女マリアを亡くした。わが愛と夢のほとんどすべてであったマリアを。しかも今度はそれに匹敵するほどの妻アルマの愛も失おうとしている。マリアのことはもう何も考えたくなかった。だが、よりによっていま神に召されるのが何故マリアでなければいけないのか。わたしが何の罪を犯したというのか。『亡き子をしのぶ歌』を生前に書いたことぐらいで神の怒りを招くほど神の心は狭隘なのか。

マーラー氏の深まる喪失感は、罰せられることへの恐怖と人の世の理不尽さへの怒りとの混雑物を産み出し、運命への断固たる闘いと救済への渇望というシーソー・ゲームを引き起こした。もっとも、いくらその心情を説明しても、現実主義的な思想の持ち主であるリヒャルト・シュトラウスにはわかってもらえなかったのだが。

マーラー氏は気を取りなおして〈モーゼ〉にいう。

「では、あなたご自身がこれらをすべて集められたとでも？　だとするとあなたは不死身か神ということになる。そんなまさか。それはありえない――」

「はははははははは」

マーラー氏の反駁は、ハルピュイアのようなかん高い笑い声によって妨げられた。どこから笑い声が降ってきたのだろう。マーラー氏はまたポケットチーフで眼鏡をぬぐい、部屋の奥をうかがった。

第三章　ヨーゼフ

　笑いの主は、すりきれたツイードの上着を着て椅子にふんぞりかえっている若い小男だった。マーラー氏は直観的にそれが三文文士であることを看て取った。彼が最も忌み嫌う批評家気どりの種族だ。どこから降って沸いたものか、この種族はいつもふいに現われて、行く手を妨げる。

「われらが宮廷楽師どのは、ほんものの神秘には縁がないようだな」

　案の定、失礼な男だ。

「自作曲の中ではあれほど神秘への憧れを表明しておきながら、どうしてその神秘への扉をひらこうとしないんだろうな」

　ふさふさ波打つ赤茶色の頭髪がマーラー氏を苛立たせた。

「神秘の扉？　いったい何のことかね。このご老人が不死ということかね」

「不合理なものは信じられぬというわけか。『不合理ゆえにわれ信ず』といった神学者テルトリアヌスをご存じないかな」

「わたしは別に原理主義者ではない」

「何と⁉」

男はわざとらしく驚いてみせた。

「かつて宮廷楽師になるために、ユダヤ教を捨てて洗礼を受けたというのは嘘だったのか」

「違う！」

生傷に触れられた患者が出す叫び声だ。

「何が違うのかな」

「何もかもだ！　わたしはキリスト教徒だが教条主義に与《くみ》してはいない。わたしは宮廷楽師でもない。オペラ劇場の音楽監督だ。それに、その地位を得るために改宗したのではない。わたしの改宗の動機はわたし個人の精神的なものだ」

これは嘘だった。ユダヤ人排斥の動きが出てきた十九世紀末以降、ユダヤ教徒のユダヤ人がハプスブルク帝国内で要職に就ける可能性はほとんどなかった。改宗は就職のためだった。

「しかも、わたしは今やその音楽監督ですらない。それは昨日までのことだ」

「ほう」

若い男は今度は本当に驚いたようだ。

「ふむ、ならばまだ見所がある。ところで神秘の話に戻るがね――」

「ちょっと待ちたまえ。君はいったい何者かね」

「これは失礼。ヨーゼフなるしがない三文文士でござる。以後お見知りおきを」

ヨーゼフは騎士のようなおおげさな礼をした。

「皇帝と同じ名か。悪くはないな」

「いいも悪いも、親が付けた名前に文句はいえません。もっとも、ものを書くときにはペンネームにしているがね。本名を出すと何をされるかわかったもんじゃないからね」

「いったいここはどうなっているんだ。館の主は突然怒り出すかと思えば、前からわたしを知っているかのような口をきく。部屋に並んだ品物は荒唐無稽だし、しかも君のようなわけのわからん人間が神秘神秘とわめきながら同席しているときてる。あらゆるものがでたらめとしか思えない」

その館の主は、またも寝息をかいている。ヨーゼフがいった。

「深い真実というのは一見でたらめの仮面をかぶって現われるものさ。要は仮面の奥の神秘な現実を、当人が信じるか否かということだけだ」

マーラー氏は考え込んだ。ヨーゼフはニヤリと笑ってささやくようにいう。

「あんたは仮面の下にある神秘の扉を目の前にしているんですぞ。扉を開けないという手はないでしょう」

この男は敵なのか味方なのか、マーラー氏は次第にわからなくなってきた。

「神秘神秘というが、もし君のいいたいように、ここにあるものがマガイモノならぬ本物だとすれば、しかもあのご老体によって集められたとするならば、彼はとてつもない超人ということになるぞ」

「そこです」

とヨーゼフは促す。何がそこなものか。マーラー氏は事ここに及んでさっきからずっと気になっていた疑問を口に出さざるをえなくなった。

「ではひとつ尋ねるが、ここの主人はもしかして……その、もしかしてモーゼその人かね？」

「え⁉」

ヨーゼフは目を剝《む》いた。それからすぐさま口をゆがめてヒステリックに笑いだした。

「ははははは、こりゃいいや。ははは……」

「はははははは」

マーラー氏もつられて笑う。

「そりゃそうだな。そんなはずはないな、ははは……」

涙が出るほどこころゆくまでマーラー氏は笑った。ここ何年間こんな愉快な笑いはなかったと思ったほどだ。

ところが、ヨーゼフが、

「まあ、そう思うのも無理ないかもしれないな。彼はモーゼの兄アロンだから」

というと、マーラー氏の笑いが凍結した。

「い、いま、何といったのかね？」

と、マーラー氏はようやく口を動かした。

「モーゼとアロンは実は双子の兄弟だったんですよ。だから間違えて当然といえば当然なんです」

マーラー氏は再び混沌の中に撞き戻された。

「グスタフ、あんたの本当の宗教はユダヤ教なのかキリスト教なのか知らないが、聖書に書いてあることは知っているでしょう。アロンはモーゼが神と対面中、シナイ山麓で邪教の祭儀を行ったためカナンの地には入れず、よその地で死んだと記されている。しかし実際には死ななかったんだ。あんたは不審に思わないかね、あの嫉妬深い神がその場でなぜアロンを殺害しなかったのかと」

「……」

「実は神は殺す代わり、アロンに永遠の放浪という運命を課したのさ。永遠、というのも変ないいかたかもしれないがね。なぜかといえば、神からすれば時間は直進、逆行、円環、捻れ、反復、切断などと、どうにでもできるんだから。人間にとって永遠と思えるものも、神にとっては折り畳んでしまえば無と同じさ」

ヨーゼフの話はとほうもない。重く沈澱してゆく脳を奮い起こして、マーラー氏はようやく次の質問を吐き出した。

「じゃ、その……アロンは不死のまま世界をさまよっているわけか」

「そう、だからどんな場所にも、どんな事件にも立ち会うことができるんだ。『風』の蒐集はその証しのようなものさ。彼は神の時間を生きている。ただ救済が奪われているだけだ——」

ガツンと鈍い音がしてヨーゼフは仰向けに倒れた。背後には居眠りしているとばかり思っていた〈モーゼ〉、いやじつはアロンの巨体がそびえていた。振りおろした拳は微動だにしない。

「おしゃべりめ、でたらめばかりいいおって。まったく手に負えんやつじゃ」

あっけにとられながら、

「死んだのですか」

おそるおそるマーラー氏が訊く。モーゼであろうがアロンであろうが、預言者時代の人間にとって暴力の正当性は自明のことなのだろう。

「こやつが死ぬはずはない。いつもわしの仕事を攪乱しおって」

マーラー氏には死んだようにしか見えなかった。これが「深い真実」だとすればなさけない。

「しかし、やつのいうことも少しは当たっておる。わしはたしかに神の時間を生きている。だが放浪者ではない。むしろ、おぬしのような度し難いやからに救済の機会を与えているのだ。芸術とやらに憑かれた病める魂をな。だが、勘違いするでない。わしはおぬしらの手合いは虫が好かん。どいつもこいつも創造の霊感とか神秘とかぬかしおって。分もわきまえず、何ほどのことができるというんじゃ。わしが救済の機会を与えるのは、おぬしらのためを思ってすることではない、わし自身のためじゃ。よこしまな神の呪縛から解放されんがためじゃ」

やはり、この連中は気が変になっているのだろう。不死の生命だとか、神の呪縛だとか、いまどき誰が本気にしようか。

「信じられん」

とマーラー氏が呟いた。

「おぬしらは皆そうじゃ。夢想ばかりもてあそぶくせに、いざ夢想が現実となって現われた時には尻込みするのじゃ。いまいましい、わしがなぜお前達に関わりを持たねばならんのかと思うとな。たぶん神は、わしがもっとも嫌いな手合いであることを知っておるのだろう。しかし、すべてはあの頑固なモーゼのせいじゃ」

「いいかげんにしてください!」

とうとうマーラー氏が叫んだ。

「もうお伽話はうんざりです。モーゼがどうしたというんですか、神の呪縛がどうしたというんですか。神は死んだとまでいう者がいるご時世に、そんな作り話が通用するならおめでたい限りです。わたしをかつごうというのなら、もう少しましな話を考えてください」

その時、マーラー氏の脳裏にひらめくものがあった。

「そうか！　あなたがたはモンテヌオーヴォ大公の回し者ですね。わたしを改悛させてオペラ劇場に引き戻そうという魂胆ですか。そうはいきませんよ、辞めるといったら辞めるんです。それとも楽団組合の手先か。わたしの辞意が揺るぎないことを確かめようという腹ですか。それはそれは組合にとっては吉報ですよ。ご安心なさい、わたしは断じて戻るつもりがありませんから。後は組合の好きにしたらいい。しかし、それにしても組合も堕落したものだ。あなたのような老人を手先に使うとは。さあ、もう茶番はこれぐらいにして、本当のところを白状なさい。何がお望みですか。わたしとて、そうものわかりの悪い人間じゃないつもりです。何しろもう音楽監督じゃないんですからね。腹を割って話をすればわたしとて考えるところがあるかもしれませんよ」

話しているうちに、マーラー氏の両腕は蝙蝠《こうもり》の前肢《あし》が折り開くように突き出され、長い指先も震えだした。逆上寸前だった。もう自ら好きこのんでこの館に入り込んだことも忘れ、最初から罠にはめられた気になっていた。そして気がついた時には、せいいっぱい腕をのばしてアロンの胸ぐらを締め上げていた。しかし、もちろん巨体には通じない。

「度し難いやつ!!」

アロンはマーラー氏の腕を振り切ると、かたわらの棚に手を伸ばし、レトルトのひとつを掴んだ。そのラベルには『シナ皇帝のヤン美妃の団扇風』と記されていた。

「アロン、それはいかん！」

死んだように倒れていたヨーゼフがこの瞬間起き上がってアロンを止めようとした。が、間に合わなかった。

レトルトはアロンの手を離れ、マーラー氏の顔面に激突した。マーラー氏の意識は粉みじんに砕かれた。

第四章　流転

……家に帰って荷物の整理をしなければ。もうニューヨーク・フィルとの契約は済んでいるんだ。

眼に膜がかかっている。膜を剥さないと……

囂々《ごうごう》たるヤジだ。わたしの曲はそんなに君達に不快なのか。幕を早く降ろしてくれ。二度と上げないように。

どうしたのだアルマ。そんなに青い顔をして。苦しいのかい。初産だからね、でも頑張るんだ。精神を集中させれば痛みも少しは遠ざかるかもしれない。そうだ、『純粋理性批判』を読んであげよう。――宇宙は有限であることも無限であることも同等に証明できる。なぜなら……

長女マリアの死はわたしの曲のせいじゃない！　マリアの死を予言していただなんて。そんなつもりで『亡き子をしのぶ歌』を作ったんじゃないんだ。お願いだアルマ……

ブンチャ、ブンチャ、ブンチャ。軍楽隊の音。何と卑俗な、だが何と蠱惑《こわく》的な。

アルマ、あの教会の鐘の音を止めてきてくれ。作曲ができない。

きれいな曲だよ、アルマ。信じられないくらい……でも作曲の勉強はもうやめてくれないか。

父さん、これは酢の匂いだ。いつから醸造をやめて酢屋になったの？

ブンチャブンチャ……

八人も兄弟が死ぬなんて、母さん、十四人のうち八人もだよ。どうしてわたしの兄弟達だけが？

詩編。死変。しへん。

交響曲の紙片。手回しオルガンの民謡。『ああ、きみグスタフ君……』。いや『ああ、きみアウグスティン君……』だったかな。

わたしは死ぬのか……

皇帝陛下、その歌い手は採用できません。

……死。

陛下、その歌姫は不採用……いや素晴らしい素質の持ち主です。胡歌を唄わせれば最高です。ご叡覧を……

コカ？

「君は気が変になったのだ」
――わたしはキジルの楽師だ。
カオスのような濁流。ドナウ河、……いや違うな、黄河だ。
荒寥たる重畳の山。砂の高山。
韻を踏んでないとこの歌は作りにくいぞ。
もっと弦をかきならして。そうもっとだ。琵琶も箜篌《くご》も。
箜篌。供犠。苦我。

遠ざかる軍楽隊。わたしは何を考えているのだろう。

幕を上げろと誰がいった⁉　……膜が消える。

まっくらな闇の奔流。わたしは波打つ……

黄河の濁流がわが身に及ぶ！

第五章　覚醒

マーラー氏は目覚めた。

錨で繋がれたように頭が重い。背中は汗だらけだった。だが、濁流には呑込まれずに済んだらしい。

――ひどい夢だった。

どこか遠いオリエントの地だったようだな。そう、シナかジパングか。砂だらけの大地。ジパングにしては黄金のかけらもなかったっけ……

いつもの朝の通り、マーラー氏は目頭と目尻を輪をかくようにマッサージし、眼鏡をかけようとした。眼鏡はなかった。手を伸ばした先には硬い枕だけがあった。

硬い枕⁉

そういえばベッドもやけに硬い。目をこすってあたりを見つめる。どういうわけか眼鏡なしでもよく見えた。見知らぬ部屋だった。まわりはこぎれいな白壁。床も煉瓦ではなく、土を固めて弱い火を通したような敷石状のもので、エキゾチックな花文様が浮き彫りされている。空気は甘ったるい土埃の匂いがした。

まだ夢の続きなのだろうか。感覚はどこか気だるげで現実味を欠いていた。浮遊しているみたいだった。

昨晩の記憶を辿ろうとする。何があったのかよく思い出せない。モンテヌオーヴォ大公にオペラ劇場への絶縁状を突きつけた。街で酒を飲んで文士どもと喧嘩した。そこまでは憶えている。そのあとが朧ろだった。泥酔して家まで辿りつけず、行き倒れのところを誰かに介抱してもらったのかもしれない。

それにしてもこの服装はどうだ？

服については無頓着なマーラー氏でも、異様なデザインのために落ち着きが悪かった。襟元が斜めに長く折り返され、その折り返しの部分に三角の獣皮があてがわれていた。ベルトも革製でそこに革袋やナイフ、半透明な石製の大きな環、はては魚型の飾りまで、ジャラジャラとぶら下がっている。ただ柔らかい革ブーツだけは、なかなか足にフィットしていて気に入った。それにしても、服までそっくり着替えさせるとは、わたしの介抱者はかなり酔狂といわざるをえない。

そう思っているうち、誰かやってくる足音がした。戸をくぐって入ってきたのは、花の蕾を思わせる東洋の美少女だった。蕾が口を開いた。

「まーらー様、お目覚めですか。服も着替えずにお就寝《やすみ》だったのですね」

リュートをかき鳴らしたような高く澄んだ声だ。だが、マーラー氏はこの時脳天を割られるほどの衝撃を受けた。第一に、その言葉はマーラー氏の知っているどんなヨーロッパの国の言葉とも違っていた。第二に、それにもかかわらず、マーラー氏は意味が理解できた。第三に、それが引鉄《ひきがね》となったのだろう、自分はいままでずっとここにいたのだという信じ難い記憶が沸き上がってきたのだった。その記憶は、この地においてもマーラー氏がやはり楽師であると物語っている。しかも、目下宮廷から巷間まで大流行のエキゾチックな音楽の作り手として。

「どうなさいました、旦那様。おかげんが悪いのですか?」

少女が心配そうに訊く。憂いを含んだ頬が、いたいたしいまでに愛らしい。

しかしマーラー氏は混乱の極にあった。

わたしは以前からここにいたという記憶が、もしニセモノだとすると、どうして少女の言葉が理解できるのだろう。明らかにそれは新しく訪れた記憶に由来する能力だった。

「イ、イヤ、チョット頭痛ガシテネ」

マーラー氏はそういうのがやっとだった。ところがそういったとたん、少女はおびえた目でマーラー氏を見つめたまま後ずさり、逃げるように走り去った。

続いて起こったことは仰天の連続だった。

まず、さっきの少女をともなって中年の男（また東洋人だ）が入ってきた。マーラー氏に向ってかたこと喋る。内容は少女の時と同じ。どうしたのですか旦那様、といったことだ。マーラー氏は男の話を理解できたが、自分のいうことは一向に相手に通じなかった。それどころか、ウワッとわけのわからぬ恐怖の叫びが返答だった。次に、その男と入れ替わるように屈強な男ども（やはり東洋人だ！）が数人部屋に押し寄せてきて、マーラー氏を羽がい締めにした。抵抗する間もなかった。

マーラー氏は部屋から出され、牛に曳かれた車に閉じ込められて、別な場所に連行された。男どもに追い立てられる間中わめき続けていたため、ろくすっぽ辺りを眺める余裕もなかったが、牛車に移送される間際に瞥見した戸外の様子にマーラー氏は息を呑んだ。

何という光景が目に迫ってきたことか。見渡す限りの東洋人の群れ。木と土からなるおびただしい家屋と、遠方まで見遥かす広大な路。土塀ごしにあちらこちら林立する塔や望楼。天を突き刺す屋根。かすかに見える遠くのはげ山。ウィーンのかけらはどこにもない。異国だった。

激しく揺れる車の中で、マーラー氏は何も考えられなかった。

連行された先はみるからに広壮な屋敷で、吹抜けの回廊を幾重となく引き回されたあげく、奥まった一室に警護付で閉じ込められた。

そうはいっても、部屋の内装は豪奢で明るかった。賓客用の客室らしい。罪人扱いではない。マーラー氏はすこし安心し、周囲を観察した。磨き上げられた木製の椅子やテーブル、凝った刺繍の幡、獣頭獣足をあしらったカラフルな陶器、精巧な彫りの金器銀器など、どれもこれも手の込んだものばかりである。

なかでもマーラー氏の興味を引いたのは、テーブルの上の一対の小振りなワイングラスだった。側面に十数個のリング飾りのある深青色のグラスだ。マーラー氏はこれと同じものを二度見たことがある。一度目は、朋輩リヒャルト・シュトラウスの邸宅でだった。新婚一年目にアルマを連れて訪れたとき、食器棚にそれがあった。ところがシュトラウスはそのとき奇妙なことをいったのだ。そのグラスは君がくれたんじゃなかったっけ、と。しかしマーラー氏がそんな覚えはないというと、そうだっけか、と答えてその話はそれっきりになった。シュトラウスは自分が発見したんだがといって、グラスの底を見せた。そこにはアルファベットのgのような形が記されていた。かすれているので、よくわからない。ペルシア文字かと思ったら、シュトラウスは否定した。彼も気になって学者に調べてもらったところ、どうもトカラ語らしいという話だった。トカラ語は古代の中央アジアで用いられたものだよ、とシュトラウスは得意そうに喋ったものだ。

二度目は、わたしがこれをリュウさんにあげた……

――!?

リュウさん、とは誰だっけ。だが確か、故郷から持ってきた葡萄酒といっしょにおみやげとしてリュウさんにあげたのだ。故郷？　どこの。そう亀茲《キジル》に決っているではないか。わたしは、はるか西の彼方、流沙の中のオアシス城市、亀茲から漢人に拉致されてきたのではなかったか。妻アルマを置き去りにしたまま……

いや違うな。記憶がごちゃまぜになっている。わたしの故郷はボヘミアのカリシュタットで、ここに拉致される前は、何といったっけ……そうウィーン、ウィーンにいたんだ。ウィーンで琵琶を弾きながら楽団を統轄し、かつ作曲もしていた。楽団の名は亀茲楽部《きじがくぶ》であり、皇帝の楽団として盛名を馳せていたんだ。……琵琶だって？　いや違うな。わたしの弾けるのは別な楽器だった。……ええとそれからわたしは皇帝推薦の素晴らしい胡歌《こか》の歌い手と恋に落ち……

「どうしたね、麻喇《まーらー》さん」

静かだが快活な声がして風体賤しからぬ人物が現われた。この邸の主人らしい。三十歳前後の若い穏やかな風貌だが、東洋人の年齢はよくわからない。わたしの名を知っているからには旧知の間柄らしい。わたしをここに連れてきた中年の男を伴っていたが、すぐ手で合図してこの男をさがらせた。

「先日、御前で奏した胡笳《こか》の曲は素晴らしかったよ。あれなら詩をつくった王飛も黄泉《よみ》の国で喜んでいるだろう」

マーラー氏にはそういわれても何のことかわからなかった。ゴゼン？　コカノキョク？　オウヒ？　そんなことをした記憶がぼんやりとなくもない。しかし何ひとつ確かではない。

マーラー氏は最も知りたいことを質問した。

「ココハ、ドコデスカ？」

主人の顔が棒を飲み込んだようにこわばった。こんなことを旧知の人間から突然訊かれれば、だれでも気味が悪いにちがいない。マーラー氏は説明を加えた。

「イヤ、驚クノモ無理ハナイ。コレニハチョットワケガアッテネ。スコシ確カメタイコトガアルンダ。ソレデ訊イタンダガネ、ココハドコダッケ？」

旧知らしい口ぶりで、忘れかけたことをそれとなく訊いたふりをしたつもりだったが、しかし主人からの応えはない。というより、必死に戦慄を抑え込んでいる様子だった。

主人はさっき人ばらいした中年男をもう一度呼び寄せた。

「なるほどおまえのいう通りだ。いつからこうなのか?」

「へえ、柳の旦那。今朝からなんでさあ」

リュウと聞いて、マーラー氏はやっぱりそうかと納得した。奇妙な記憶が語っているように、わたしがあのワイングラスを贈った相手がこのリュウ氏なのだ。われわれは古い付き合いなのだ。

だが、目の前の二人はマーラー氏を無視したように大きな声で話を交わし続けた。

「何が起こったのか」

「それがいっこうに合点がいかねえんでさあ。娘の麗花《れいか》が朝の白湯を用意しにいったら、こうだったんで」

あの可憐な少女はレイカというのか。このむさくるしい男が父親にしてはできすぎというものだ。それにしてもこの連中はなぜわたしがいないかのような口ぶりをするのか。

「あっしらの旦那がわけのわからんことばかりいいだした時にゃ、びっくりしちまいましたぜ。おまけにわからんどころじゃない、何か喋ろうとすると旦那の顔がぼやけるというか、消えそうになるというか……こんなのはじめてで。妖鬼か悪霊にとりつかれたかと思って、そりゃ肝を冷やしましたぜ。柳の旦那、大丈夫ですかい、手枷足枷もなしであっしらの旦那をほうっておいて」

「手枷足枷ダト！　冗談ジャナイ！」

そうマーラー氏が叫ぶと、二人の男はウワッと驚いたように見つめた。中年男はヒエッと息を肺腑の奥に吸い込んでこの屋の主人のうしろに引っ込んだほどだ。外見に似ず肝の小さな善人なのかもしれない。柳氏はしばらくマーラー氏の顔を穴のあくほど見たあと、得心がいったように尋ねた。

「麻喇さん、もしかしてわたしの言葉がわかるのかね」

「モ、モチロン……」

とマーラー氏が不安気に答える。マーラー氏にも朧げながら事情がわかりかけてきたのだ。その不吉な予感を柳氏が裏付けた。

「残念だが麻喇さん、われわれにはあなたの言葉が理解できんのだ。……それだけではない、あなたが何か話そうとするとあなたの顔が……顔がブレるのだ。それがわれわれにはとても恐ろしい。なぜこんなことになったのか知らないが、正直なところ、この珍奇な事態に対する恐怖心を抑えるだけで、わたしは精一杯なのだ」

柳氏はマーラー氏の反応を窺った。予想にたがわず相手は呆然となっていた。柳氏の言葉も震えている。

「だから、とりあえずはこうしよう。こちらからいくつか質問をする。答えは諾か否かだけを身振りで示してほしいんだ。……じゃ、もう一度尋ねるが、われわれのいっていることはわかるんだね？」

マーラー氏は黙ってゆっくり頷いた。

無言の時が過ぎる。

ゴクリ、と誰かが生唾を飲み込んだ。気が付くと柳氏の右手は、逃げようとしているらしい麗花の父親の襟首を掴んで離そうとしない。

マーラー氏は、自分のほうから他人に意思を伝達することはできないという現状に愕然とした。人の言葉はわかっても自分の言葉は人にはわからない。おまけに言葉を発するだけでわたしの存在の輪郭が失われるという。なぜこんなことになるのか。どんな世界法則の所与のせいで、こんなことが起こり得るのか。夢なら可能だろう。そう、夢に違いない。ここはたぶんかりそめの世界なのだ。もうじき、いつものように夜が明けて悪夢が去るのだ……。マーラー氏は片方の目尻を指で圧迫して視野が歪むかどうか試してみた。夢ならば歪まないはずだ。しかし、視野はマーラー氏の思惑をあざ笑うように確かな手ごたえをもって歪んだ。夢ではない。

とすると、あるいは死後の世界なのかもしれない。わたしは既に死んでいるのか。ここはダンテの『神曲』にいう煉獄なのか。だが、死後の世界かどうかを検証する方法など聞いたこともない。

――わたしは罰せられている。

ずっと以前から抱いていた強迫観念がまた深い淵から浮上してきた。理由もなく、意識の裂け目を辿って這上がってくる馴染み深い生き物が……

――おおアルマよ。どうしてパパはこんな目に遭わねばならないのか、教えてくれ。

マーラー氏は亀茲に遺してきた愛娘アルマの顔を思い浮かべた。……いや、思い浮かばない。全然思い出せなかった。おかしいな。愛娘？　そうだったかな……。自分を取り囲んでいた確固たる地盤が次々に崩れてゆく不安。世界も、記憶も。マーラー氏は頭を抱え込んだ。

柳氏はマーラー氏が顔を挙げるのを辛抱強く待った。

マーラー氏からの話が理解されない以上、会話は一方向になった。当然それは尋問調にならざるをえなかったが、この尋問者が分別を備えた人物であったことは、マーラー氏にとって僥倖以外の何ものでもなかった。柳氏の質問は簡潔だった。

「あなたはわたしを憶えているか」

否。

「この男も含めて誰か見知っている人物に出会ったか」

否。

「ここに来たことがあるのを憶えているか」

否。

「ここがどこだかわかるか」

否。

「自分が誰だかわかるか」

諾。

「あなたは麻喇《まーらー》さんに間違いないか」

諾。

「あなたはどこから来たのか。いや失敬、あなたはどこから来たか憶えているか」

諾。

「亀茲《キジル》国ですか」

否。諾。

「否ですか、諾ですか」

明快な仕草なし。尋問者、被尋問者ともにいらだちの表情を見せる。

「いいですか、あなたは確かにわたしとは旧知の間柄なのです。それがどうして何も思い出せなくなったのか、何か心当たりがありますか」

否。

旧知の関係が共通のものではなくなるにつれて柳氏の言葉も改まっていった。

「うーむ」

結局、この奇怪な事態を解明する手がかりはほとんど何も得られない。

「鬼神の仕業か……」

柳氏がつぶやいた。

だが、いらいらしていたのは二人だけではなかった。埒の明かないやりとりに業を煮やした中年男が急に割り込んできた。

「何でえ、何でえ。ここはどこだかわかんねえですって。おてんとう様に聞いてみねえ。この世のどまんなか、花も恥じらう大唐国の都長安てなあ、ここのことでえ！　それもご存知ねえってか」

マーラー氏はこれ以上無言の行には耐えられなかった。

「シ、シラナカッタ！」

麗花の父のウワッという呻き声がそれに答えた。

第六章　クルツィツァノヴスキィ

《ウィーン市区ライムント警部の事情聴取速記録一──

〈参考人〉クルツィツァノヴスキィ、詩人ないし三文文士

〈失踪者との関係〉グスタフ・マーラー氏失踪の前夜、酒場『青い駱駝』にてマーラー氏と狼藉に及ぶ。ただし傷害はなきもよう。現今においては、当該人は最後の目撃者と思われる。

〈聴取場所〉カフェ・ツェントラール

〈聴取〉

「……あの晩にマーラー氏に会ったかどうかをお尋ねですか。ええ、そりゃあ、確かに会いまし

たよ。ええと、どこの飲み屋だったかな……ああ、そうですか、よくご存じで。そう、たぶん『青い駱駝』です。あそこの酒はひどいですね。警部さんはあそこで呑んだことありますか。……そうですか。とにかくひどい。しかし安いことは安いし、あの暗い穴蔵のカビ臭さがまた何ともいえない……退廃と期待が入り混じった匂いなんです。

……マーラー氏ですか、何時頃だったのかなあ、夕暮れ過ぎの早い時刻だったような気もするし、宵の口だったような気もするし……でも随分長いこと居ましたよ。え、僕ですか。はあ、マーラー氏より遅くまでしけ込んでましたね。二時をまわっていたと思いますよ。……そうです、僕はあの時、文士仲間と呑んでいたんです。皆いいやつですよ。ただし、甲斐性のないのが欠点ですがね。マーラー氏と話をしたかですって。さあ、よく憶えていないんだがなあ……そう怒らんでください。……何だ、喧嘩のことまで知っているんだったら、最初からそういってくれたっていいじゃないですか。喧嘩はしましたけどもね、ただの口喧嘩ですよ。それに誓って申し上げますがね、仕掛けてきたのはマーラー氏のほうです。僕らは文士仲間で仲良く議論していただけなんです。

初めはマーラー氏も端っこのテーブルで、ひとりおとなしくワインを呑んでいたようでした。というより、それは後から考えればの話で、僕ら誰一人それがマーラー氏とは思いもよらなかったんですよ。何せ僕自身は面識ないんだし、あの酒場にマーラー氏が足を踏み入れたことなど、それまで聞いたこともなかったわけですから。……どうして口論になったかですって。それはこちらが伺いたいことでしてね。僕ら……え、僕らって誰のことかっていうんですか。どうせご存じないと思いますがね。……いわないと駄目なんですか。弱ったなあ。ま、どうせいつか知れるんだからいいか。じゃ、僕が喋ったとはいわないでくださいね、約束ですよ警部さん。実はかのホフマンスタールとペーターですよ。何、ペーターを知らない？　冗談でしょ。あの、永遠のたかり屋にして詩人哲学者のペーターですよ。……そうですか。まあ、いいでしょ。

それでですね、たしかホフマンスタール先生、例によって堂々たるゲーテ大先生批判を展開していたわけ。何せ、アンチ・ファウストを標榜するほどのゲーテ嫌いですからね。かつてはゲーテの再来とまでいわれていたのに。……何を隠そう、実は僕もそう。あの重苦しい精神の営みにはついてゆけない。世界の究極目的の解明やら、人間精神の全面的解放やらを大上段に振りかざして、それを文学の使命にまつり上げなくったっていいものを。何であぁ深刻にしか世の中を眺められないんでしょうかね。そう思いませんか警部さん。……

これは失礼しました。警部さんもゲーテの信奉者でしたか。（小声で）何で官憲にはゲーテ・ファンが多いのかなあ……。じゃ、これ以上ゲーテの悪口をいうのは止めときましょう。……そうですか。かまわない。そうでしょうね。この話がなきゃ、マーラー氏の差し出口もなかったわけですから、事情聴取にもならないわけだ。ははは……

それでだ、ホフマンスタール先生は、反ゲーテの持論を展開し、僕らも拝聴していたんです。人生の秘密を悲劇に求めるのは単純な考え方だとか、ファウストの破滅をグレートヒェンの崇高な愛が救うなんてのは時代遅れの茶番だとかいったことをね。そしたらそこに突然、ほんとに突然でびっくりしたんですが、マーラー氏がぬっと三人の前に顔を出してきたんです。そして分厚いレンズの奥からホフマンスタールを睨み付けて、君は間違っている、といったかと思えば次に僕らをねめまわして、君達もだ、と来たわけ。それにしてもあのブチ眼鏡、何とかなりませんかね。望遠鏡を逆さに覗くみたいなもんですよ、こちらからすれば。いま思うとよくあれで美貌の奥さんがつかまえられたなあ……秘訣があったら教えてもらいたいもんだ。

ホフマンスタールはすぐそれがマーラー氏だとわかったようでした。これはこれはかの高名なマーラー先生を我らが貧弱な文学論議にお招きできて光栄の至りです、とか何とか口走っていましたから。ところが、それからが大変だった。ホフマンスタールは害意もなしに、というより心底歓迎するつもりでそういったのですが、マーラー氏のほうは皮肉か何かと受け取ったらしく、そうだ君らの論議は皮相的かつ貧弱だ、と単刀直入ゲーテ礼賛一点張りで切り込んできたんです。そうなるとお互いに、いいかげん甘露……いやあそこのは甘露ではなかったが、とにかく酔っぱらっているもんだから売り言葉に買い言葉。マーラー氏は、エセ文士には芸術の真髄はわからぬ、と来る。ホフマンスタールは、深刻ぶった芸術家気どりの連中こそ単細胞的にしか物事を理解しない、霊感に乏しく無粋なやからだ、とやり返す。は？　……そうです、僕もいっしょにやり返していたくちですが。

そうするうち、ゲーテ論からいつの間にかマーラー氏の創作曲に話が変わっていって、ペーターとホフマンスタールが……え、ほんとですよ。だって僕は音楽にはとんと関心がなく、マーラー氏の創作とやらも全然聞いたことがなかったんですから。それで二人がマーラー氏の曲をこきおろし始めたんです。やたら長くてかなわんとか、テーマが俗悪だとか、逆に衒学的だとか、感情を生のまま音楽にぶつけるのは洗練されないやり方だとか、何せ言葉には不自由しませんでしたね、あの二人。

それに対してマーラー氏はさすがに防戦一方でした。ぶつぶつ呟くように、ええと何といってたかな……そう、真の芸術家は大衆には理解されぬ孤独な予言者だとか……そうそう、いまわたしが書いている八番目の交響曲を聞いてもらえば全てがわかるだろうとか何だとか……その交響曲とやらにはよりによってゲーテのファウストが引用されているそうですよ。ゲーテ・ファンの警部さんなら楽しみでしょう……あ、そう。じゃ僕と同じだ。べつに生きてゆくのに音楽は必要不可欠ってなわけじゃないですからね。何であんなものに目くじらたてて議論しなきゃいけないんだ、と時々思うことがありますよ。

だいたい、ありゃ僕のような貧乏人には縁がない。王侯貴族ならともかく、一般大衆が聞くには値段が高すぎる。高いことが誇りであるかのようだ。習うにしても時間とお金が要りよう。神の前の平等を定めたキリストの教えに反しますよ。腐った上流社会に生息する有閑人種のくだらぬ教養、単なる話のネタにすぎない。その点、詩は違う。断じて違う！　詩は、言葉は、万人の前に平等に開かれたこの世に遍在する真理の種子なのです。あの、神のロゴス、世の初めに神が「置」いたロゴスに直結するのです。その神秘な力たるや――

え、それからどうしたかって？　ああ、失礼しました。これからが僕の詩論の重要なところだったのですが残念です。それはまたの機会に譲ることにして……マーラー氏の話に戻るとですね、自分の創作のことになるとだんだん寡黙になっていったんです。だもんで、ホフマンスタールもちょっといいすぎたかと思ったらしく、トーンダウンしたんですね。ところがどっこい、敵さんは殊勝に黙りこんだんじゃなかった。不服と不満を内に貯め込んでいたんだ。それが爆発したんですよ、最後に。ウィーン・オペラの音楽監督に向って何たる言いぐさだ、と叫びましてね、テーブルごと煽り倒したんですよ。服は汚れるし、グラスは粉々になるし、さんざんでしたよ。もう僕らもプッツンしちゃって敵さんを叩き出したってわけです。それにしても、最後にはオペラ劇場監督のご威光をふりかざしたりするなんて失望しちゃったなあ。

ところで警部さん、なぜそんなことを訊くんですか。……えっ、失踪⁉　知らなかったなあ。……捜索願いが出ている。はあ……さあ、心当たりなんてないですけどね。……え、僕が最後の目撃者らしいんですか。……いやいや、僕だって驚いてますよ。驚き方が足らなくて疑わしいですって。そりゃあ、だってそんなに深い付き合いじゃないし、殺人ならともかく、失踪ぐらいじゃあ……はあ、さっき敵さんとはいいましたけど、それは言葉のアヤでべつに憎んでいるわけがありませんや。階級的な憎悪ですって？　よしてください……ちょ、ちょっと、警部さん。な、何をするんですか！　僕は関係ありませんよ。申し開くも何も話はそれだけで、……おおい、誰か助けてくれえ！……」》

第七章　言葉

マーラー氏はとりあえず柳氏邸に止宿することになった。このまま自邸に戻っても使用人達が混乱するだけで、へたすると恐慌をきたしかねない。とにかくこの異常事態の行く末が見極められるまで、柳氏が預かる格好になった。身辺の世話については、もとの自邸から麗花を呼ぶことにした。父親は滅相もないと反対したのだが、柳氏が説得したのである。麗花自身はといえば、二つ返事で承諾した。奇妙な成行きにおびえるどころか、柳氏の宏壮な屋敷で贅沢な暮しができることを楽しみにしているようだった。

「素敵なお屋敷ですね、旦那様。……まあ、きれいな刺繍！　……これも見事な食器ですこと」

と無邪気に興奮している。マーラー氏が苦笑いすると、

「あ、そうか。ごめんなさい、旦那様。旦那様は喉の病気でおしゃべりになれないんですね。あまり話しかけて旦那様の病を患わせるようなことのないようにって、いわれてるんだっけ」

マーラー氏は、いいんだ、という徴《しる》しにかぶりを振った。

「それにしても困ったものですね。麗花はそんな不思議な病気のこと聞いたことがありません」

主人が口がきけなくなった分、麗花は多弁になったようだ。

「妖怪憑きだとか悪霊に魂を奪われたとかいう人もいるけど、麗花、全然そんなこと信じませんからね。ほんとうにうちのお父さんたら、しょうがないんだから」

柳氏はマーラー氏の異常をみだりに口外しないよう周辺の者にいいつけておいたが、それでも人々のマーラー氏を見る眼付きは幽鬼に対するのとほとんど変わりはなかった。噂の主な出所は麗花の父親らしい。

そうこうするうち、旧宅からマーラー氏の身の回りの品物が柳氏邸に運び込まれた。硯や墨、木筆、巻紙、革張りの椅子、紫檀の衝立、鷺足の飾り机から琵琶、洞簫《とうしょう》その他の楽器類まで珍奇な品々ぞろいだったが、生憎それらのどれひとつとしてはっきりした記憶がなかった。

——眼は見えても、まるで盲目だな。

中庭に降り立つと、光は燦々とふりそそいでいた。しかし、寒気厳しいせいか、それがそのまま地面で氷の細柱と化す。長靴でなぶると、さくっと音がする。

フム。

感心して鼻息を漏らすと、微細な霰となって散ってゆく。

「旦那様。外はお躰が冷えますよ。温かい飲物をお持ちしましたので、中でお召し上がりください」

麗花が戻ってきてそう声をかけた。

マーラー氏はそれでも名残惜しく鼻息を試していたが、とうとう寒さに堪えられなくなると室内に引き上げ、麗花の差しだした器で手を暖めた。器の中身はきつい匂いがした。

「乳酥《にゅうそ》です。旦那様の好きだった——」

はて、そういうものだったかと、マーラー氏は器を口元に引き寄せた。寒気暖気が鼻先でせめぎあったせいで、鼻の奥がむずがゆくなり、思いきりくしゃみをした。

ハークショォン！

その途端、マーラー氏の中の奥深いところでグワラッと鈍い衝撃が走り、マーラー氏は自分が「前」に押し出され、世界にはめ込まれるのを感じた。

「⁉」

そういえば、目の前の食器から家具から辺りの壁に至るまで、あらゆるものが一皮むいたように彩りを増している。たぶん世界がベールを脱いだのだろう。

――膜が消える……

呆然としながら、マーラー氏は新しい世界の味を確かめようと器の中身をおずおずと飲んだ。温かい飲物は冷えきった内臓にしみわたって心地よい。さっき鼻についた匂いは、なつかしい芳香に変わった。

「うまい」

マーラー氏がそうつぶやくと、

「え？」

麗花が驚いて聞き返してきた。

「ン？」

「いま何とおっしゃったのですか」

「うまい！」

「なあーんだ。旦那様、ちゃーんと喋れるんじゃない。あたしも、どっかおかしいなあと思ってたんですよ」

と麗花は喜々としていった。

——ということは……

「もしかすると、わたしのいうことがわかるのかね？」

一語一語切るようにマーラー氏が尋ねる。

麗花はこくんと頷いた。

「わたしの顔も、そのお、……ブレないかね？」

麗花はまたこくんと頷いた。

「じゃあ、もう口がきけるんだな！」

マーラー氏は嬉しさのあまり麗花を抱きすくめ、飛び上がって喜んだ。笑いながら何度も踊り回っているうち、自分のしていることに気が付いてバツが悪くなった。

おほん。咳ばらいをして、マーラー氏は無理矢理考え深い顔つきを取り繕う。言葉が通じるというよりは、言葉が回復したのだ。その喜びに思わずはしゃいでしまったが、この世界のよそよそしさが消えたわけではない。以前より馴染み深くなったことは確かだが、彼は依然としてウィーンのマーラーだった。神は少しずつこの世界に馴染ませることに決めたらしい。

マーラー氏は手近にあった箜篌《くご》の弦を弾いた。

キュルーン……

ハープにとてもよく似た楽器だが、音色はリュートみたいに高く澄んだ響きがする。砂漠の夢を見るような甘く乾いた音。眼に刺さるからっぽの青い空をどこまでも駆け上がってゆく音。

するとその時、指が勝手に動き出す。はじめはゆっくり、アルペジオを奏でるように。それは砂漠を歩む駱駝の足取りだ。はるばる中国より荷を満載した隊商が星の位置を確認しながら西へ西へと進むたゆまない歩み。やがて砂丘にそよ風が立つ。規則正しいアルペジオは細かいリズムを刻み始める。風は急に勢いを増し、砂漠の気候の過酷さを露わにする。牙をむく自然、獰猛な黒い砂嵐だ。激しく畳み掛けるリズムと狂奔する旋律。高音から低音へ、そしてまた高音へとジャンプする。それがようやく中低音のまどろみへと落ち着くようになると、ひとときの安息が訪れる。オアシス都城への到着だ。

にぎやかな市場とよい条件での商談の成立。喜びの旋律が弦間を駆け巡る。夜、砂漠の舞踏会だ。隊商は、葡萄酒のうまみに喉を溶かし、オアシスの美しい女らと一夜の愛を語らう。そして望楼の高みからは、三日月に向けて一筋の歌が放たれる。望郷の懐いにふちどられた哀歌。陽関を遠く西のほうに出征した漢人の嘆きだろうか。それとも砂漠の彼方の恋人を想う西域人の愁いだろうか。音と音とが重なり合い、前の旋律は後の旋律に余韻を残してこだまする。連綿たる短調の主題。

やがて出発の時が来る。颯爽たる旅装の背に期待と別離がゆるやかにうねる。流動する波のリズム。そして隊商は再び西方目指して砂漠に歩み出す。錯綜する抒情をはらんだ変形アルペジオ。なんども定形に戻ろうとしながら変異が消えることはない。砂丘の起伏が同じ姿を二度とは繰り返すことがないように……

マーラー氏は自分の指がひとりでに奏でる旋律に酔った。何という甘美な旋律！　標題音楽も純粋音楽もない、まさしく天上の音楽だ。神々の秘密を覗き見たような悦楽にひたって涙がにじみでた。

「す・て・き」

頬をあかく染めて麗花が聴き惚れていた。あどけなさの残る瓜ざね顔に、潤んだ瞳があだっぽい。その目でとろんとマーラー氏を見つめている。

――おお神よ。あなたはもしかしてこのような天上の音楽があることを知らしめるために、わたしをここに導いたのでしょうか。

マーラー氏はこの夏、東洋の詩を基にした交響曲を作る構想を練り始めたことを思い出した。それはハンス・ベトゲの編集した唐詩のアンソロジー『中国の笛』を披見したことがきっかけだった。もしこれが完成すれば九番目の交響曲となる。だがマーラー氏は、ベートーヴェン以来のジンクス、つまり九番目の交響曲は死の扉に通じているというジンクスを捨てきれず、作曲に踏み切れないでいた。にもかかわらず、いま突然、この音は必ずやこの『中国の笛』を基にした大規模な交響楽の中で活かされるべきだという霊感に襲われ、この交響曲の作曲を決意したのである。

「麗花。わたしは今とても――」

と、マーラー氏がしみじみ語りかけようとした途端のことである。どやどやと人の気配がしたかと思うと、黄衣黄帽の人物を先頭に人夫風の男達が部屋に入り込んできた。先頭の男はきょろきょろとあたりを見回したあと、マーラー氏の視線とぶつかるやしっかり目を閉じ、さきほどから口の中で唱えていた文句を声高に叫び始めた。

その文句が何を意味しているのかさっぱりわからなかった。だが、マーラー氏は黄衣の人物に付いてきた連中のなかに、麗花の父親を認めた。ははあ、これは恐らく悪霊払いの一種であろうと見当をつけた。黄衣の人物は呪術師のようなものだろう。

黄色い呪術師は、赤い文字を書付けた黄色い紙を振りかざしながら、一心に呪文を唱えている。ときどき閉じた目を開いてあたりの様子を窺うが、何の変化もないことを看て取ると、再び一心不乱に瞑目して呪文をがなり立てた。手に持った金属製の護身具だか法具だかをついでに打ち鳴らすものだから、うるさいことおびただしい。

マーラー氏はたまりかねて一喝した。

「やかましい‼　わたしを何だと思っているのか、悪鬼や妖怪ごときと一緒にしてもらっては困る！」

その剣幕に驚いたのは、黄色い呪術師ではなく、むしろ麗花の父親達だった。男どもは顔を見合わせて立ち尽くした。呪術師もぴたりと呪文を止め、ぶつぶつ男どもに不平を漏らしている。

「何だ、話が違うではないか。どうなっておるのだ」

麗花の父親はどぎまぎしながら、

「い、いや。昨日までは確かにわけのわからんことばっかり口走っておったんじゃ。じゃから、わしはてっきり悪霊が取り付いたとばかり思っておったんじゃがのう……」

「したが、この通り、ちゃんと言葉を話すではないか。ん？」

「う、うん。じゃが……おかしいのう。おい、おぬしも昨日のことは知っとるじゃろうが」

麗花の父親は朋輩に助け舟を求めると、男どもは自信なさそうに一応味方した。

「そう、その通りじゃった。だがのう、気のせいということもあるしのう……」

まわりは早くも逃げ腰である。そこに麗花が割って入った。

「お父さん、これはどういうこと！　ちょっと具合いがおかしくなったからといって、あれほど面倒みていただいた旦那様に失礼よ！」

「うるさい、おまえは黙っていろ」

「黙らないわ！」

どうやら父娘《おやこ》喧嘩に落ち着きそうだと見て取ると、呪術師は一層不機嫌になった。

「何だ、こりゃあ一文にもなりゃあしねえ」

そして麗花の父親に向って、

「足代は高いからな。あとで清算してもらうよ。こちとらも忙しい身でな」

というと、帰り支度にかかった。

「どいつもこいつもうるせえ。てめえの法力が足りないおかげで悪霊がどっかに隠れちまっただけのことよ。エセ道士なんかにはビタ一文払わねえよ」

父親がそういったために、再び男どもは揉め始めた。麗花は、もういいかげんにしてよ、といいながら、ふくれっつらで父親を見返している。マーラー氏は、この騒動もまた神の叡慮なのだろうかと思案を巡らせていた。

第八章　モンテヌオーヴォ大公

＊

（ライムント警部の捜査日記より）

一〇月一一日
昨日一〇日、アルマ・マーラー夫人より、夫グスタフ・マーラー氏の捜査願い申請に基づき、容疑者クルツィツァノヴスキィを連行。取調べの結果シロと判明したので釈放。ただし、別罪の疑いもあるので、身辺の調査を部下に指示。文士という人種は犯罪予備群のようなもので油断はできない。引続き『青い駱駝』にて同席していたフーゴー・フォン・ホフマンスタールおよびペーター・アルテンベルクを追跡中。

一〇月一二日
クルツィツァノヴスキィ、ホフマンスタール、アルテンベルクら三名を除けば、失踪の日に会った重要人物は、モンテヌオーヴォ大公となる。失踪したと思われる八日は、マーラー氏が大公によって宮廷歌劇場を解雇された日にあたり、かなりの因果関係が想定される。それにしても、貴族の事情聴取は気が乗らない。書面で済ます手段などないものだろうか。

＊

《ウィーン市区ライムント警部の事情聴取速記録二——
〈参考人〉アルフレッド・フュルスト・フォン・モンテヌオーヴォ大公

〈失踪者との関係〉グスタフ・マーラー氏失踪の当日、マーラー氏と宮廷オペラ劇場の運営に関して会談し、不調に終わりし模様。当該人は次席宮内卿としてオペラ劇場を管轄し、音楽監督の任免権を有す。

〈聴取場所〉宮廷オペラ劇場執務室

〈聴取〉

「おっほん。我輩がモンテヌオーヴォだが……何！　グスタフ君の失踪についてであると？　我輩は、まだそのような報告を執事から受けておらん。報告を受けておらんものは、ないも同然。それについて我輩の意見を、というのであれば、まずは執事を通して申請されたい。……強引な御人じゃのう。だが、報告がない以上、失踪の事実を認めるわけには参らぬが、それでよろしいかのう？

……その通り。グスタフ君とは年来の知音である。失礼、葉巻を吸ってもかまわんかのう……何？　あなたも吸いたいとな、もちろん結構。……あ、これですか。どうぞどうぞ。これだから下賤のものは困る——ああ、何、こちらのことじゃ。

そりゃあ、長い付き合いであるから、いろいろなことがある。ただ、多少の軋轢はあったにしろ、我輩とグスタフ君の関係は概して良好であって……あの日の会話の内容？　あなた、せっかちな性分じゃのう。そんなことではゲイジュツ庇護者の役割は務まりませんぞ。……仕事柄ね、まあ、そんなものかのう。ゲイジュツ庇護者としての我輩の立場からすると、あなたの職分は何か心寒い気がしますなあ……

あの日の用件というのはじゃな、わが栄光あるハプスブルク帝国宮廷オペラ劇場の音楽監督の地位に留まる気があるのかどうか、グスタフ君に問い質すことだったのじゃよ。実はグスタフ君には以前からこの栄光のポストの価値をあまりよく理解していないのではないかと思われる所行がいくつかあってね。その度に注意はしていたのじゃが……いやいや、頭《ず》に乗るとか、生意気とかそういうことではなくて、ちょっとばかり自分のゲイジュツ的個性を前面に出し過ぎるということか……そう、ゲイジュツ家というのはそれでよろしいのだが、要するにじゃな、自作曲を演《や》りすぎるということじゃ。オペラ劇場の楽団は、何もグスタフ君の創作音楽を演奏するために設立されたものではない。栄え有るウィーン音楽の伝統を讃え、恐れ多くもフランツ・ヨーゼフ皇帝の叡慮の下、全欧に冠たる輝かしいオペラの殿堂の地位を保ち続けることこそが、本来の使命なのじゃ。そのために必要なのは、類稀なゲイジュツ的資質を有する指揮者であって作曲家ではない。あなた、ここのところ、おわかりかな？

……もちろん、グスタフ君の才能を評価するのにやぶさかではない。たびたび非難されている、厳格で専制的な指揮のやり方だとて、我輩は必ずしも悪いことだとは思っていない。マエストロにはそういうことはつきものなんじゃな。それをいちいち目くじら立てていては、ゲイジュツの庇護者は務まらない。これでも我輩は随分とグスタフ君を弁護してきたつもりじゃよ。

……何？　信用できる話ではないとな。あなた、随分無遠慮な口のききようではないかね。たとえばあの演出家のロラー君の件がそうじゃ。グスタフ君が四年前に彼をオペラに連れてきた時は、そりゃあすごい騒ぎであった。何といっても、あなた、彼は「分離派」なのですぞ、それその辺に変てこりんな神殿を造った――。社交界に悪名高きクリムトといっしょに仕事をしていた輩ですぞ。……そう、ウィーン大学記念講堂の天井画を描いたあのクリムトです。あれは闇に対する光の勝利などというものではない。あの絵にあるのは情念と退廃の不可避性だけだ。いくら開明的思想の持ち主でも、あなた、あれでは最高学府にふさわしい壁画として受け入れられるわけがない。締め出されて当然でした。

その同じ「分離派」のロラー採用案を通したのは誰あろう、あなた、我輩ですぞ。我輩の度量の寛さなのじゃ。おかげで社交界での我輩の株はすこしばかり下落してしもうたがの。しかし、ロラー君のオペラ演出がわがウィーン市民に喝采をもって迎えられたことは、あなたもご存じであろう。あれこそは、我輩の先見の明を示す何よりの証拠。ただ、最近はロラー君の独善ぶりにゆき過ぎがあって、問題なことも確かだがのう。……え、ロラー君の採用はグスタフ君のゴリ押しに依るもので、我輩は終始反対していただけですと？　だ、誰がそのようなことを……

　ま、それはともかくとしても、あの自作曲はいかん。……もちろんグスタフ君のことをいっておるのじゃ。失礼、もう一本葉巻を吸わせてもらうよ。……新聞屋に荷担するわけではないのだが、連中も申しているように交響曲は前世紀ですでに完成、終了した形式であって、これ以上はもはや不要じゃ。それにやたら不協和音が多すぎる。グスタフ君も含めて最近の現代作家は不協和音が多いことを進歩と勘違いしているのじゃあないだろうか。あなた、そうは思わんかね。高貴なるゲイジュツとしての音楽の枢要は調和への道程ですよ。音響のドラマの最終的な結論に崇高な調和があるからこそ、そこに至る不協和音の意義があるのです。それはいわば克服されるべき苦悩と葛藤ですな。それがまるで自己目的化したように、これみよがしに……何、ちっともわからんとな。うーむ。（小声で）これだから下賤のものは困る……

　とにかく、さような状態はオペラ劇場にとって好ましくない。それで今年に入ってから一度グスタフ君に反省の機会を与えてやろうと一旦は解雇したのだ。グスタフ君は案の定、考える時間をくださいといってきた。我輩もどうせそのつもりだったから、仮り解雇のかたちはとったものの、考えを改め、辞を低くして懇請してくれれば再び総監督に任じるつもりでいたよ。その最終回答が先日だったというわけじゃ。残念ながら、グスタフ君は考えを改めるつもりがなかったらしい。我輩としても正式に解雇せざるをえなかった。大変残念ながら。

何ですと？　よそで聞いた話と違うとな。どう違うというのですか、あなた？　……いやいや、そんなことはない。いかにグスタフ君が才能があるといったって、後任の引き受け手がないなど、と、そんなことは、あなた……我輩が切に慰留したですと？　それをグスタフ君が蹴ったですと。とんでもない。グスタフ君はいままで通り、名誉あるオペラ劇場に留まりたいと心の中で切望していたのですよ。それを退けたのはこちらのほうです。どんな根拠があってそんな出鱈目がいえるんですか……

え？　ニューヨーク・フィルハーモニーとの契約が既に成立していると。どこでそのようなことを……（小声で）ふーむ、下賤の者といえども侮れぬわい――

我輩はそんなことは知らん。それならば詐欺だ、グスタフ君は解雇されて当然だ。……え、我輩はそれを知っていて泣きつきながら慰留したというのですか。そんな馬鹿な。……スパイ？何のことですか。……楽団員に潜む我輩のスパイですと、そ、そんな者は、居るはずがない！……

そんな名前の男は知らん。聞いたこともない。

え？　我輩をどうしようというのかね。……グスタフ君失踪に関する重要容疑者？　とんでもない！　どうして我輩が……慰留を断わられた腹いせに？　いや、あなた、それはおカド違いというものですよ。……何？　とにかく疑わしい？　あなた、何の権利があって……それは職権乱用だ。あなた、我輩を誰と心得おる。次席宮内卿ですぞ！　我輩に指図できるのは皇帝陛下と筆頭宮内卿のみだ。貴様のようなやからにどうこうされる筋合いはない。……何ですと、筆頭宮内卿の許可書を持っているですと？　あいつめ、皇帝陛下に御覚えのめでたい我輩を嫉妬深い目でみていると思っていたら、罠にはめおったな。うーぬ、今に見ていなさい、貴殿もろともウィーンから放逐してやる……」》

第九章　元宵

ここ二、三日、マーラー氏の周辺は慌ただしさを増していた。日中はひっきりなしに往来の喧騒がここまで聞こえてくるし、夜は邸内の人々が気もそぞろに立ち動いている。マーラー氏だけがひっそりと居室で息をついていた。

言葉は自由になったものの、まわりのものに対する記憶や感情は曖昧なままだ。ウィーンに生きていたかつての世界での自分の存在の確かさは、いまだに明瞭だったが、そのかつての世界の輪郭は今いる世界によって侵食されつつあった。例えばわが愛娘のこともそうだ。二年前に最愛の人を亡くした痛手は消えることがなかったが、その娘がアルマだったのかそうでなかったのか、だんだんわからなくなってきていた。アルマは妻だったような気もするし、もしかするとあるいは妻を亡くしたのだったか……。しかもそのことを考えると頭痛が始まる。そして突然、アルマは今も亀茲国に生きているはずだなどという、とてつもない記憶が何の脈絡もなく浮かび上がってくるのだった。マーラー氏は混乱するばかりだった。

そんな時、柳氏が部屋を覗いてマーラー氏に声をかけた。

「麻喇《まーらー》さん。ふさぎ込んでばかりいないで、気晴らしに街へ出かけませんか。明日の晩は元宵《げんしょう》だ。長安は今夜から不夜城ですよ！」

街は光の炸裂だった。家々の門や軒下には色鮮やかな燈籠がかかげられ、屋内でもあらんかぎりの灯火を点じていた。路地の辻々に松明が焚かれ、豪壮な邸には塀を見おろす楼台に燈樹を設けて富貴を競っている。なかでも壮観なのは、寺塔ほども高い大燈輪だ。その巨大な光の傘蓋が雲を衝くようにほうぼうに佇立し、晴夜の月映を脅かしている。長安の夜の花だった。

春はまだ浅く、吐く息も星屑に白くまぎれる寒さだが、沸き立つ人の渦に大気は微熱を帯び、金色の靄を掃き始めていた。前を行く柳氏の背にもその金色が貼りつき、おぼろに輝いて見える。マーラー氏は慣れぬ馬上の人となりながら、遅れないようその輝きだけを追ってギャロップを繰り返した。

「リョ、リョ、リョ！　ハイハイハイヨッ！」

後方から威勢のいい掛け声が聞こえてきたかと思うと、たちまち数駒の一群が傍らを駆け抜ける。紅地に金糸銀糸を縫い取った目の醒めるような装いに、銀鞍の白馬達。極彩色の疾風は街路を埋める人の波を縦断し、甘い薫香を残していく。

「門閥貴族のどら息子達だ」

柳氏がそう教えてくれた。

「そういうわたしも、かつてはああだったがね」

といって、にやりと笑った。路行く人々は陶然と見送っている。千金の公子とは彼らのことをいうのだろう。これまた長安の花だった。

公子達ほど颯爽といかないが、柳氏も手慣れた手綱さばきで器用に人波を裂いていく。が、今度は横ざまに通り過ぎる見事な宝輦《ぽうれん》の一行に出くわした。贅美を尽くした装いの武官が前後を制し、輦の周囲には艶やかな宮女達が領巾《ひれ》を翻しながら、陽気なお喋りにうち興じている。

「どこかの公主らしい。天子様の皇女のひとりだ。元宵の時期だけは自由に城内を散策できるのだよ」

宮女達は、この寒夜によくもと思えるほどの薄着だった。高い髻に挿した白銀の歩揺《ほよう》が灯火に照り返す。うなじの白さが目に痛い。

「明日の朝になったら路のあちこちに笄簪花鈿《けいしんかでん》が散らばっていることだろう」

やがて馬は平康坊内に入る。この歓楽の巷は元宵を迎えるため、一段と賑やかさを増していた。

「そこのお兄さん。おひとりですかい、元宵だってぇのにお淋しうござんしょう。さあさ、今夜はとびきりの美人を揃えてありますよ。寄ってらっしゃいませ……」

「もうお帰りなの？　まだ宵の口にもなってないのに。いけずぅ……ほほほほ、そうでなくっちゃあ……」

「うるさい！　遊女め、ひっこんでろい……」

「さあさ、お立会い、皆の衆。これより当家中にては、西天竺よりはるばる来朝したる大魔術師の摩訶不思議な幻術のはじまりはじまりーッ。頭上に投げられた一本の縄を伝って天に昇るってえ昇天縄技《しょうてんじょうぎ》は圧巻だよ。お代は見てのお帰りだ……」

「ど、どろぼう！　そいつをつかまえてくれ！」

「旦那、今夜は夜光杯に葡萄酒ってのはどうぉ？　もちろん、お後は傾城《けいせい》の玉の肌のぬくもり、とシッポリでさあ……」

「きゃあ、色男だわねえ。渋い目元がすてきっ！」

マーラー氏は嬌声の渦に漬かりながら、真っ赤になっている自分の顔の皮をはぎ取りたい衝動に駆られた。柳氏は時々振り返って面白そうににやにや笑っている。

「どうだい麻喇さん。血の気が昇るのも養生のうち。鬱気《うつき》にはこれが何よりさ」

四方八方から攻め寄せる秋波に窒息しそうになったところで柳氏は馬を止めた。

『惜春楼《せきしゅんろう》』

額に篆書《てんしょ》で大書された字は、マーラー氏には読めなかったが、文字の一画一画が蛇のようにくねってものめずらしかった。

門塀をくぐると望楼のある大きな屋敷だった。ここもまた灯火の渦で、ほうぼうに張りだした房屋では御簾だけを降ろして様々な酔興が繰り広げられていた。

柳氏は女将《おかみ》とぼそぼそ相談した後、

「さあ！」

といって、マーラー氏をひったてるように二階に登った。


その部屋の壁を見てマーラー氏は驚いた。漆喰の白壁の上に黒雲が広がり、その中に様々な彩色がにじんでいる。最初はシミかと思った。だが、しばらく眺めていると、墨のぼかしの中で浮かび沈みする色のにじみが、何かの形を表していることに気が付いた。険峻な山並と鬱蒼とした森林らしい。下のほうのひときわ濃い斑点はどうやら人物と読める。するといちどきに、広大な眺望が目に飛び込んできた。ぼんやりしたにじみは延々と重なる丘壑《きゅうがく》と化し、そこここに泛舟《はんしゅう》が孤帆《こはん》をかかげていた。山のあずまやには閑話に興じる隠士達がいる。幽邃な谷あいを旅人が歩む。それらを包む碧山青峰はまさに天地の造化の妙をほしいままにしている。

「驚いただろう。近きより見ればただの汚れ、遠きより見れば一幅の山水。描いたのは顧 某《なにがし》という変人だが、一種の天才だね」

柳氏がそういっても、マーラー氏はまだ壁から目を離せないでいた。

「そいつは文無しのくせにここで遊んだ挙げ句、お代がわりにこの望楼と同じ名の惜春図をこの壁に描いて逃走したのだよ。女将は腹を立てもしたが、粋なことをするやつだというので、敢えて追手も出さなかったそうだ。魚心あれば水心というやつかね」

と、柳氏が喋る。

マーラー氏には返事をしている余裕がなかった。マーラー氏はこの壁からある種の啓示を受け取っていたのである。

世の出来事には見た通りだけではわからないことがある。この壁画にシミしか見ない見物人のように。世界は巨視的に眺めてこそ初めて意味がわかるのだ。この時マーラー氏は、自分が何ゆえにここにいるのか、もうすこしでわかりそうな気がした。だが、全体の鳥瞰図が浮かび上がる前に、その意味の輪郭は再び曖昧なシミの集まりのなかに拡散していった。

「その顧さんとやらに会うことはできますか」

マーラー氏は壁画の作者に興味を覚えた。啓示を受けたことももちろんだが、この壁画はかつての若き友人クリムトが見せてくれた、フランスの画家達の絵、……そう印象派と誹謗されていたグループの絵に似ていたからでもあった。両者の間に何か関係があるとでもいうのだろうか。あるいはわたしが、歴史の隙間に入り込んでしまったごとく、顧某もまたどこからかこの世界に紛れ込んでしまった人物ではないのか。

「いや、たぶん無理だろう。今は都落ちして茅山《ぼうざん》とやらに隠遁しているという噂だ。何でも流謫《るたく》仙《せん》を気取っているとかいう。長安にはもう姿を見せないだろう。……それよりも麻喇さんに会わせたい人がいる」

柳氏がそういって手を叩くと、ひとりの妓女が現われた。肌の抜けるような女だった。車輪のように高く結い上げられた髪と切れ上がった襟足が蠱惑的だ。

「麻様、おひさしうございます」

女は腰をしなやかに落として、そういった。見知らぬ美女から自分の名を呼ばれてマーラー氏は狼狽した。

こっちに来てからというもの、いつものことではあるが、人に声を掛けられると、どこかで会ったような気がしてくる。だが、単に気のせいかもしれなかった。だいいち、これほどの美女に会っておいて、忘れるようなことがあるだろうか。

まごついているマーラー氏に対して女は業を煮やしたようにいう。

「麻様は、あたしをお忘れか」

マーラー氏はしかたなく、

「すまないが、どなただったかな。最近とんと忘れっぽくなってしまって……」

「ああ……」

女は愁嘆したものの、すぐ諦めたようだった。あらかじめ柳氏から事情を聞いていたのだろう。

「夢蘭、あれを」

柳氏がそういうと、しめし合わせていたとみえて、どこかに控えていた妓女達を呼び込んだ。めいめい楽器を携えている。いつのまに運んだのか、主客の前には酒肴も用意されていた。

「麻喇さん、面白い出し物を披露しよう」

かぼそいオルガンのような、甲高い和音が静かに始まった。竹を束ねた筒のようなものから、息つぎの休止もなく滔々と流れ出てくるらしい。箜篌《くご》がそこに加わってハープのような撥音を入れると、さっき夢蘭と呼ばれた女が透明な領巾《ひれ》を器用に操りながら舞い始めた。悠然と大河のごとく舞う姿は、神話から抜け出した天女である。竹の和声は、薄明の中をたゆたうように少しずつ色合いを変えてゆく。それにつれ、気流に乗った鳥の翼のように、舞い手は優雅に旋回し、下降と上昇を繰り返す。しかし視線はマーラー氏の上に固定されたままである。翼の先の洗練された動きを目で追っていたマーラー氏は、ふと、いま聞いている旋律が以前耳にしたものであることに気づかされた。

いつ。どこで……

突然、マーラー氏はその旋律が何なのか理解した。

「そんな、ばかな!!」

マーラー氏は叫んだ。いま流れている旋律は、楽器の音色と早さこそ違うものの、確かに自分が作曲した第五交響曲第三楽章のアダージョだったのである。

＊

第一〇章　アルマ・マーラー

(ライムント警部の捜査日記より)

一〇月一四日

モンテヌオーヴォ大公を敵に回して、わたしはいったいどういうつもりであろうか。マーラー氏と大公の関係は、最終的に極めて険悪であった事実は確かめられたが、今回の失踪事件に大公が関与している明白な証拠はない。もちろん大公の指図による可能性も大いに残されている。しかしその場合、動機は何だろうか。大公にとってマーラー氏を非合法に排除することの利益はほとんどない。大公は劇場音楽監督の任免権を独占しているのだし、今回の罷免は合法的に行われているのだから。では個人的な怨恨か。これは有り得る。しかし、大公という人物の印象は巷間の噂とは違って、決して悪くない。貴族の旧守性は歴然とあるにせよ、大公が主張するように、人材登用に際しては自分の嗜好を抑え、マーラー氏寄りの新思考の持ち主を参加させるなど、かなり公正であったとさえいい得る。むしろマーラー氏の非妥協的な態度が、自らの立場を不利なものにしていった嫌いがある。

ともかく、大公は今回のやり方を根に持つに違いない。もし、大公が失踪に関与していたとしたら……わたしはマーラー氏のような排除のされ方を望まない。やはり、筆頭宮内卿にわたりをつけておいたほうがよさそうだ。

一〇月一五日

非番。

一〇月一六日

ホフマンスタールとアルテンベルクの居場所はまだつかめない。未確認ながらホフマンスタールはギリシア旅行に出かけたという情報もある。それはともかくとして、捜査依頼者アルマ・マーラーにもう一度事情を詳しく確かめておこう。

＊

《ウィーン市区ライムント警部の事情聴取速記録三──

〈参考人〉アルマ・マリーア・マーラー

〈失踪者との関係〉配偶者。当該人は失踪を官憲に届けし本人なるも、失踪前後の身辺について聴取を行う。

〈聴取場所〉マーラー氏宅

〈聴取〉

「まあ警部さん、ご苦労様です。いかがですか、ご捜査の進展具合いは。わたくし、タクの失踪以来、夜もなかなか眠れませんで……そうですか、まだ有力な手がかりはございませんか。タクはあの通り、至って人づきあいの悪い、ぶっきらぼうな性格ですから、人様を怒らせてしまい、何かとんでもないことに巻き込まれて、もしものことがあったのではと、そればかりが心配なのですが……それで今日は？　……ああ、そうですか。ですが、どうしてわたくしの調書を……はあ、形式的……はあ、別に異存はございませんことよ。タクが一刻も早く、わたくしの手元に戻ってきさえすればそれでようございますので。そのためのことでしたら、何なりと……

タクを見た最後をお尋ねですか。警部さん、そんな最後だなどとおっしゃってもらっては困ります。まるでタクはもうこの世にいなくなってしまったみたいじゃなくって……はあ、形式上最後といわざるをえないと……わかりました。ですが、わたくしはあの失踪の日以前に、としか申し上げませんがよろしいこと……そう。あの日以前に会ったのは……ちょっと待ってね。会った、などどいうと普段会ってないみたいだから抵抗がありますわ……いっしょですよ、いつも。もう一度いい直します、あの日以前にいっしょだったのは……もちろん、あの日の朝ですよ。……え、それだとあの日以前にならないって？　矛盾ですって、いいじゃありませんか。警部さんは哲学者なの？　とにかく、あの日の朝まではいっしょだったのですから。いつも。……

タクに変わった様子はなかったかと……そうねえ、いつもより気が昂ぶっていたことは確かですわ。大嫌いだと常々いっていた次席宮内卿に掛け合いに行く日でしたからねえ。でも、これまでだったら、腹が立っても黙って引き下がらざるをえないようなことが多かったのに――タクは暴君のようにいわれることもありますが、あれで意外に気が小さいんですのよ――その日は宮内卿に全然気兼ねする必要がないもので、今日こそは最後通牒を突きつけてやるって興奮しておりましたの。だって、もうニューヨーク・フィルと契約できる運びになっていたのですもの。それに、そもそもウィーンとの契約は、宮内卿の狭量のおかげでとっくに破談になっていたものを、代わりが見つからないとかいって、もう一度蒸し返そうというお話だったみたいですから、どだい気難し屋のタクとは折り合うわけがございませんものね。……それに、じつをいうと刑事さん――でなくて警部さんでしたかしら――あの前の晩はひさびさだったものですから、そう、半年ぶりだったかしらねえ、タクは張り切っちゃって、それで翌朝まで躰がほてってて……気が昂ぶっていたのはそのせいもあるのじゃあないかしら。……あら、ごめんあそばせ。ほほほ……

ええ⁉ タクとの間は冷え切っているという噂ですって。誰がそんなことを……みんなですか。そりゃあ、何かの間違いか、勘違いじゃないですこと。……タクの浮気ですか。ああ、ローザ・パピーアの話かしら。確かに彼女はタクがウィーン・オペラの音楽監督になる前からオペラにいたし、引退した後もウィーンで力があったわ。タクにお熱をあげていたという噂も本当かもしれません。でも、タクのほうは全然！ 初めからそんな気はまるでなかったようよ。どうしてどうして、あんな姥桜にうちのタクがいれあげるもんですか。……え、彼女じゃないって……弟子のほう？　弟子って誰の？　……ああ、わかりました。アンナ・ミルデルブンクのことね。

悔しいけれど、昔、タクと恋仲だったのは事実だわ。姥桜のローザなんて、弟子のアンナをだしにしてタクに近付いたようなものよ。もっとも、自分がだしに使われていたことには気付いていなかったようだけど……でもアンナとの仲は、ハンブルクを去った時に切れてるはずだわ。アンナのほうはウィーンまで追いかけてきて、あの通りそのまま居座っているようだけど。だって、わたくし、結婚するときタクからそのことも告白されたんですもの。タクはアンナの手紙をわたくしの目の前で焼き捨てたの。わたくしを聴罪師か何かのように見立てたのかしらね。涙を流しながら、それはもう誠心誠意こころのこもった告悔でしたわ。わたくし、そのときはすっかり感激してしまいましたのよ。……え？　アンナのほうはタクの手紙を今も持っているんですの。まあ……でも、今度こそわたくし達がウィーンを去ったらそれまでですわ。

……揉めていたこと？　そうねえ、それはありますわ……でも、揉めごとのない夫婦なんてありえないこと？　警部さんのところはいかが。……え、作曲ができなくなったことですか。そりゃあ、悔しかったことよ。だってタクったら、頭ごなしでしたもの。今後いっさい作曲は禁ずる、と。わたくし、その前にタクにいくつか自分で作った歌曲を見せましたの、ツェムリンスキー先生の門下生だった頃に書いたものを。タクもいい、いいと評価するようなそぶりを見せていたのに、結婚したら突然でしょ。弟のオットーのことでも頭にあったのかしらね……そう、そうです。オットーも作曲家を目指したのだけれど、自分の才能に絶望してピストル自殺したのよ。わたくしに弟みたいな目にあわせるわけには絶対いかないといい張ったわ。そのときのこわい顔ったら、まるでシナイ山を降りたモーゼみたいだった。結婚すると殿方ってころっと変わるものなのね。甘かったって、わたくし、つくづく後悔しましたの。……いいえ、結婚を後悔したりはしませんわ。自分の甘い夢が砕かれただけなのよ、そのとき。

……もうひとつ噂ですって。ずいぶんこの街には噂がひしめきあっておりますこと。……はあ、そうですわ。長女のマリアです。この七月でした。今もあの子のことを考えると不憫でなりません。……はあ、ありがとうございます。……まあ、そんなことをいっているんですの。でもそれは少し当たっています。タクが「亡き子をしのぶ歌」など作ったばっかりに、マリアが神様に召されてしまったのかもしれません。わたくし、以前はニーチェなどもだいぶ読んだし、タクに嫌がられても著作集を部屋にそなえていたのですけれど、あの子を亡くしてからというもの、神を信じるようになりました。著作集は捨てましたわ。「亡き子」の作曲に不服だったことは間違いありません。不服どころか抗議もいたしました。……

あれは、二番目のグッキーが生まれた年の夏の休暇でした。ツェムリンスキー先生もわざわざお訪ねになって、たいそうにぎやかでしたわ。先生がわたくしを可愛がりすぎて、タクが嫉妬しやしないかと心配でしたが、先生はタクを評価していることもあって、タクはごきげんでした。夕食後にプッツィ――プッツィってマリアのことよ――も、珍しくはしゃいで……。プッツィはタクに似たせいか、普段少し気むずかしいところがありましたの。お客様が来てもあまりなじまないんですもの。タクの気分がそのまま伝染するんですわ。わたくしのほうが嫉妬するぐらい、二人は仲良しだったのですから。まあ、そんなことで、みんななごやかに談笑してましたの。子供達を寝かしつけ、ツェムリンスキー先生も先に寝るといって引き取られたあと、タクの書斎にまいったのです。そしたらタクはその「亡き子」を作曲中だったの。警部さん、考えてもごらんなさい。今のいままで自分の子供と遊んでいた親が、その直後にその子達の死んだ嘆きを想像できるとお思いになって？　とんでもない！　世の中、どこにそんな親がいるでしょう。歌詞にしようとしたリュッケルトの詩だって、彼が自分の息子を失って、やむにやまれず書いたものなのよ。それをグスタフったら！　……そのとき、わたくしほんとにおそろしくなりました。この人悪魔かしらって。

人なみの神経じゃあないってことは、その前からもわかっていましたの。二番目のグッキーが生まれそうになった時分、陣痛が襲ってきてどうにも辛抱できなくなったとき、グスタフを呼んだの。そしたら、どういったとお思いになる？　精神を集中させればいいといって、こともあろうにカントを朗読し始めたのよ。『純粋理性批判』を。妊婦がカントを聞けるかっていうのよ、警部さん。カントなんてくそくらえだわ。あのときほど憎らしいと思ったことはなかったわよ。え、憎悪？　……何のことかしら警部さん。……いえいえ、何をおっしゃるの、とんでもない。よくある家庭不和ぐらいのものですよ。……ちょっと、お願いですから、そんな馬鹿げたお考えはおよしになって……冷静に考えてくださらないこと。わたくしがタクの失踪を届けて捜索願いをお出ししているんでございますよ。そんなこと、あるわけがないじゃありませんか。……いいえ、だいいちわたくしがタクをどうのこうのして、いったいどんな得があるとおっしゃるの？……ああ、あの建築家ヴァルターとの恋愛の話？　それはただの噂ですよ。……あの晩のアリバイ？　そんなものあるわけございません。グッキーを寝かしつけたあとは誰にも会わずに就寝したんでございますから。……信じられなくなってきたですって。それはあんまりです。ああ、わたくしどうしたらいいのかしら。グスタフ！　早く帰ってきてちょうだい。わたくしに何度揉め事を持ってくれれば気が済むの……」》

第一一章　夢蘭

「霓裳羽衣《げいしょうういい》の曲だ。あなたが作ったものだよ――」

マーラー氏は思い出してきた。

いつぞや、皇帝が寵妃楊貴妃の誕生日に当たり、太楽署所属《たいがくしょ》の諸楽の長に祝賀の曲を献じさせたことがあった。ほとんどの楽長は、祝典にふさわしいようにと、華やかな曲調を採用した。それに対し、亀茲楽《きじがく》の長、麻喇だけはたゆたうように静かな曲調を選んだ。これが楊貴妃のいたく気に入るところとなったため、皇帝の御製として召される栄耀に浴したのである。

その折、皇帝の御前で舞をつとめたのが、ここにいる麴夢蘭《きくむらん》だった。亀茲とおなじオアシスの小国ながら、すでに唐に滅ぼされた高昌国王族の末裔である。

夢蘭はこの時、天女とみまがう見事な舞を披露したが、終わるとすぐに退席しようとした。いまだ、唐に含むところがあったためである。これを、麻喇が強いて引き留めた。皇帝の贔屓《ひいき》ともなれば、厚遇の度が格段に増すことをおもんぱかってのことであった。ところが、それが裏目に出た。褒美として皇帝より伝世の夜光杯を下賜されたのであったが、夢蘭はあまり喜ばなかった。この夜光杯は、奇しくも元来高昌国王族のみが持つべき伝家の宝物、奪われた王国の形見だったからである。

皇帝は機嫌を損じた。

――何ぞ不服があれば申すがよい。

百官とも色をなすなか、夢蘭は、はっと自分の行いに気付いた。

——……いえ、有難き光栄に存じます。

しかし、皇帝は納得しない。重ねて下問があった。震える夢蘭に替わって麻喇が取り繕った。

——あまりの栄誉に心気を見失ったまでのことにございます。何とぞご叡慮賜りますよう。

これに楊貴妃が今日に限って血の匂いはごめんとばかり、皇帝をなだめた。この頃の皇帝は簡単に人の首をはねたのである。さいわい祝賀の儀式中だったので大事には至らなかったが、あとで亀茲楽部からの夢蘭の除名を申し渡された。皇帝の意とあらば麻喇とて抗するすべはない。惜しみながら服命を余儀なくされた。夢蘭の命はとりとめたものの、しかしいつ皇帝の気分が変わらないとも限らない。万が一のことを考え、麻喇は柳氏と相談してこの惜春楼に預けたのだった。

記憶によみがえったこの顛末《てんまつ》を、マーラー氏は走馬燈を眺めるように思い起こしていた。自分はこの時の亀茲楽の楽長麻喇であったことは間違いない。でなければ、何でこんなことが思い出されようか。わたしは以前ここにいたのだ。いや、依然としてここにいるということだ。すると、交響曲第五番の焼き直しとばかり想えた霓裳羽衣の曲が、逆にオリジナルなのかもしれないではないか……

ぼんやりと振り返ったところに、百合のように妖艶な夢蘭の顔があった。

「そなたは、もしかしてあの御前の舞の時の……?」

マーラー氏がそう叫んだ。

「麻様、では思い出されたのですか⁉」

「おお、すまなかったな！　あの時、わたしが無理に引き留めさえしなければ――」

マーラー氏は涙がこみ上げてくるのをおさえることができなかった。

「よし、それでこそ連れてきた甲斐があったというものだ」

柳氏がしきりにうなずいた。


マーラー氏は今日も惜春楼にいる。うららかな小春日和に、開きかけた梅の匂いが眠りを誘う。

「もう梅花の季節か」

「早いものですね、あれからもうひと月……」

高欄にもたれながら夢蘭がいう。

「あのときはどうなることかと思いました。あたしのことも忘れておしまいだったなんて、どうなされたのでしょうねえ」

「わたしにもわからん――」

「きっと誰かが麻様に術をかけていたんだわ。くやしいこと。でも、亀茲の奥様まで思い出せなかったというのですから、術をかけたのは奥様ではなさそう。あたしが嫉妬するまでもなかったんだわ」

夢蘭の目がきらりとひかる。

「マリアはそんな女ではない」

「まあ、ごちそうさまですこと」

すっ、と座をはずして夢蘭は花頭窓《かとうまど》から外を眺めた。

「いまでも夢をみる」

すねた夢蘭にはかまわず、マーラー氏が呟いた。

「え？」

「夢というか、幻というか……夢というにはあまりに現実的で、わたしにもどういうことかわけがわからん。わたしは前にそこにいたことがあるような気がしてならない」

マーラー氏の瞳がかすんだ。

「とにかく夢といっておこう、それも異国の夢だ。どこもかしこも石でできている国の……。わたしはそこでも楽団の団長を務めている。だが、ずっと、ずっと楽団が大きい。そう、太楽署の楽人全部を合わせたほどにもなるかなあ」

「石の異国って？　西域の故郷だってどこでも石と砂みたいなものでしょうに。そうそう、それに近頃、北のほうで何か異変がおきているらしいわよ」

「異変って、どのような？」

「何でも兵卒さん達の動きが慌ただしいんですって。それに地面が割れて燃える水が吹き出したとかもいうし……」

夢蘭はおもしろそうに喋る。

「そんなことはどうだっていい。ただの噂だろう」

話の腰を折られてマーラー氏は不機嫌そうだった。

「ごめんなさい。……それでその石の国のことね」

「そう、その石は故郷の砂漠にあるようなもろい石ではない。硬い石だ。とても硬く、すべすべしている。甎《しきがわら》のように焼き上げている石だ。だが甎のようにやわらかくはない、赤く締まった甎だ。そういうものでできている都城を想像できるかな。皇帝の居る宮城では連日連夜諸国から集ってきた大使や貴族達が舞踏会を繰り広げている。宮城の中は夜になっても灯火が絶えない。昼と変わらぬほど光に満ちておる。豪勢なものさ。そしてわたしは、そこの宮廷楽長らしいのだ」

夢蘭はおくれ毛をまだ寒さの残る風になぶらせたまま、黙ってマーラー氏の顔を見つめている。

「しかも、わたしの作る曲は驚くほど長大なのだよ」

「だって麻様の曲はいつだって長いでしょう。亀茲楽なんだから、唐楽みたいに悠長でなくったっていいのに。ほかの胡楽の楽長さん達もいってたわよ。漢人に媚びてるって――」

「連中にはいわせておけばよい。それはどうでもよいことだ」

「そうかしら……」

「いや、その長さたるや、唐楽などの比ではない。そうさな、『涼州《りようしゆう》』とか『玩中秋《かんちゆうしゆう》』なみの大曲を四、五曲連ねた長さとでもいったらいいかな――」

「一晩かかりそう」

「その中には『碧霄吟《へきしようぎん》』のような静かな曲調もあれば『胡僧破《こそうは》』のような激しい調子もある。わたしはそうした連曲が、何かまとまった楽曲を構成し得るとは考えてもみなかった」

「どうしてそんなに長くなければいけないのかしら？　長くて退屈なのはむしろ漢人達よ」

夢蘭は故国が唐に滅ぼされたことを決して許していない。

「それはたぶん……世界を作るために必要なのだよ」

「世界って……夢のことかしら」

「夢……か。そうともいえる。いや、何といったらいいか、その、わたしの世界だ」

「ふーん、あたしにはわからない。麻様の幻の世界ね」

マーラー氏は説明を断念した。

「近々、競楽熱戯《きようがくねつぎ》がある。わたしはその時に太楽署の楽長としてそんな連曲を献呈するつもりだ。

そして、ありったけの楽人を動員して演奏する。歌はできれば夢蘭に頼みたいところだが、そうもいくまいなあ」

今の皇帝は音楽曲技が大好きであった。もともと儀礼や楽舞を司るのは太常寺《たいじょうじ》という役所であり、楽所に当たる太楽署もその中に含まれていた。ところが、皇帝は宮苑中の梨園《りえん》で自ら俗楽を教えたほか、教坊《きょうぼう》という歌舞音曲所を別に設け、さらにその中でも芸にひいでた妓女を引き抜いて宣春院《せんしゅんいん》という所に集め、内人《ないじん》と称して常に御前にはべらせるほどの熱の入れようだった。

その皇帝が特に好きなのは、左右両班に分かれて楽技を闘わす競楽熱戯であった。果敢な芸を競うために「熱戯」と呼ばれたのである。今度の競楽は、内人・梨園・教坊が左班、太常寺が右班という布陣のはずであった。勝った側には名誉と封禄の加増がある。熱戯を競う理由もそこにあった。ただ、問題は歳をとるに従って皇帝の依怙贔屓がますます激しくなっていることである。かつて英邁な若き君主と讃えられ、開元の太平な世を讃えられた皇帝も、すでに七十を越す老境にあった。国政に倦《う》み、辺境での異民族の不穏な動きにも目をつぶり、ひたすら美妃と歌舞に肩入れする姿には、狂気さえも感じられる。老境の贔屓は自然のわざではあるが、ややもすると悪辣な手段にうったえかねないところまで、その酔狂が昂じていたのである。

皇帝の贔屓筋はもちろん、手塩に掛けて育てた梨園弟子や内人のいる左班側にあった。マーラー氏は右班側。形勢は不利である。しかし、だからこそ、そこに未曽有の大曲をぶつけようとしていた。

「でも皇帝が相手じゃあ、勝ち目なんかありっこないじゃありませんこと。無駄なあがきになりません？」

太常寺太楽署の楽師は、内人や梨園の弟子が相手とはいえ、実際は皇帝を敵として勝敗を争うようなものだったのである。夢蘭の気遣いは当然だった。

「そうかもしれない。皇帝はまた卑劣な手口で攪乱しようとするやもしれん」

いつかの競楽熱戯の際、竿木《かんぼく》の競技になったとき、まず梨園の伎人《わざびと》が頭の上に百尺の竿《はたざお》を乗せ、軽業師が竿上で芸を披露した。後に登場した太常寺の伎人の竿はゆうに百尺を越え、しかも軽業師を三人も乗せていた。明らかに太常の勝ちであった。太常の楽人は太鼓を鳴らして歓声をあげた。ところが、やがて気が付くといつのまにか太常の楽人達の間に宮中の下僕が数十人紛れ込んでいる。彼らは袖の中に鉄製の馬の鞭を潜ませていた。そして再び太鼓が鳴るのを待って鞭を激しく打ち鳴らすつもりであった。鞭に気が付いた太常の伎人はびっくりし、何をされるのかと怖れを抱いたため竿が揺れ始めた。皇帝はその時そばの者に「あの竿は折れるぞ」といった。実際その通りになった。幸い竿上の軽業師は、持ち前の身軽さを発揮して何も事故がなかった。しかし、太常のしくじりに皇帝が大笑いしたため、下僕達への指図は皇帝から発したものであることが露見したのである。競楽の主宰者にはあるまじき行為だった。

「ここのところ、競楽はほとんど内人側の勝ちだからなあ」

マーラー氏も夢蘭の言い分を認めた。

「しかし、わたしにとって、もうそれはどうでもよくなっている。いまさら名誉を得てもたかが知れている」

「……」

「それに、わたしはあの夢で聞いた音が忘れられん。ゆったりと気分のおおきな曲があった。大地を讃える歌、それに永遠の別れ。何か古い、とても古い詩につけた歌だったな――ちがうな、それはまだ未完成だったかもしれん」

マーラー氏は瞳を凝らすようにしながら両手に顔を埋めた。その手が震えている。

「麻様。大丈夫――？」

と、夢蘭が声をかける。

「大丈夫だ。つい夢の中味に引き込まれてな。夢ではどういうわけか、妻のマリアがわたしの子で、子のアルマが妻なんだ。じつに居心地が悪い。しかも、もっと悪いことにマリアは幼いうちに死んでしまうんだ。わたしのちょっとした不注意でな。理由は何だと思う？　歌だよ。歌を作ってしまったのだ、鎮魂歌を、死んでもいないわが子の――。それで彼女の運命が決ってしまった。もはやとりかえしがつかなかった。すべてわたしのせいなんだ。それを想い出していたんだ」

「でも、歌を作ったからといって、人の運命が決まるわけはないじゃありませんか」

マーラー氏はため息をついた。

「あれがただの夢であってくれればなあ……そう、たぶん夢だろう」

「やってあげてもかまいませんわよ。今度の競楽の歌い手」

「ん？　いや、それはまずい」

「どうして？　麻様がいい出したことじゃありませんか」

「過去のこととはいっても、皇帝は執念深い。かつて非礼のあった亡国の皇女とわかれば、何をされるかわかったものではない」

「皇女ではありません。王族の末裔ですよ」

祖国の滅亡を見た瞳は湖の深い底のように暗い。マーラー氏はその瞳をまじまじと見つめた。

「あら、鶯」

どこから来たのか、梅の枝に止まってきょろきょろあたりをうかがっている小禽の羽が、日の光を浴びて鮮緑色に染まった。マーラー氏は何かはぐらかされたような気がした。

そのとき、階段が急ににぎやかになった。やがて顔を出したのは柳氏、つづいて惜春楼の女将だったが、口を切ったのは女将だった。

「あれほど止めたんですけど、柳さんったら――」

「やあ、ここにいたな。おおい、みんな。登ってこられよ」

柳氏の掛け声に応じて三人の男が上に登ってきた。

「せっかくの逢瀬を邪魔してすまないな、麻喇さん。だが、この人達と雑談しているうち、あなたの話になったら急に会おうということになってな。まあ気さくな人達ばかりだ。許してやってくれ」

顔を並べると夢蘭も以前からの知り合いばかりだったようだ。

「おやまあ、みなさんおそろいで。どうなすったんでしょうね」

「どうなすったの、はないだろう。梅に鴬とはこのことだぜ。おまえさんを慕ってきたのが悪いってえのかい」

「何の。あんまりひさしぶりなもので、驚いたんですよ」

「挨拶は抜きだ。おおい女将、酒だ酒だ！」

思いがけない宴が始まった。

第一二章　アルノルト・ベルリーナー

（ライムント警部の捜査日記より）

＊

一〇月一七日

失踪当日にマーラー氏が関係した人物の事情聴取からは有力な手がかりはまだ得られない。追跡できる範囲内で、マーラー氏の姿が最後に目撃されている酒場『青い駱駝』も調査したが、当日居合わせた連中は、いずれも常連客で主人を含めとくに疑わしい点はない。彼らは、マーラー氏が酒場を出てからも容疑者クルツィツァノヴスキィら三名が『青い駱駝』に留まっていたと思うと証言しているし、その後のマーラー氏の行方は知らないといっている。もちろん、ホフマンスタールとアルテンベルクの行方が明らかになってから両名を尋問してみないことには何ともいえないのだが……。それにしても彼らはどこに消えたのだろう。マーラー氏と行をともにしているのだろうか。こうなると、失踪前にマーラー氏と会っていたらしい人物を当たってみる必要が

である。

一〇月一八日

昨日、アルマ・マーラーの事情聴取中に出てきた人物、アンナ・フォン・ミルデンブルクに会う。わたしはマーラー氏がうらやましい。過去においてであるにせよ、こんな女性と恋に堕ちたことがあるなんて。年齢三五歳と思われるが聞きしにまさる美貌である。彼女は、マーラー氏が一八九一年にハンブルク市立劇場音楽監督に就任して四年後の一八九五年、マーラー氏によって抜擢された歌手である。まもなく両名は恋愛関係に入ったようだが、一八九七年四月のマーラー氏ウィーン移住に際して、一旦その関係は両名合意のもとに解消されたという。しかし、アンナはその跡を追い、同年十二月にウィーン宮廷歌劇場と正式に契約を結び、現在に至っている。

アルマが懸念するような関係が続いていることには否定的な見方が多いようだ。第一の理由として詩人ヘルマン・バールとの恋愛を挙げる人がいる。確かにマーラー氏との間には、職業上のつきあい以上のことはもはやないように思われる。ああ、それにしても何と高貴で慈愛に溢れた女性であろうか。しかも情熱的だ！　ヴィーナスのように豊かな胸は、きっと天使のような無限の愛にあふれているせいなのだ。ああ、わたしがせめてもう一〇歳若ければ……

一〇月一九日
ハンブルク時代からの友人がもうひとりウィーンにいることが判明。ついでに調査しておこう。何かわかるかもしれない。

＊

《ウィーン市区ライムント警部の事情聴取速記録八――
〈参考人〉アルノルト・ベルリーナー
〈失踪者との関係〉失踪者がハンブルク在住の頃以来、十数年来の友人。ハンブルク大学物理学教授、ならびにウィーン大学客員教授。当該人は失踪事件勃発時、ウィーンに滞在せり。
〈聴取場所〉ウィーン大学物理学第二研究室
〈聴取〉
「何ですか、この忙しい時に。まったく客員教授には秘書も付けてくれんから、こういうことになるんだ。客の受付まで僕がやらねばならんとは……

え？　……僕がそうだが。……何、マーラー氏が失踪しただと。一週間前に。そうか、ついにやったか。……失踪の理由？　ま、そう興奮しなさんな。いや、グスタフはね、昔から口癖のようにいっていたんだよ、この世界の外に出れたらなあってね。僕もいったもんだ、そいつはいいやって。世界の外に出て何をするのかって？　くだらない質問だな。外に出るだけで、すごいことだっていうのに。ワインを飲みながら月見ならぬ地球見と洒落るもよし。神様になって大洪水を起こし、くだらない連中を水に流して世直しをするもよし。左手ひとふりでソドムの壊滅だぞ。こんな愉快なことはない。

冗談？　冗談なんかではない。君、知っているかね、いま物理学では世界像に関する根本的な変革を迫られていることを。あー、紅茶でも飲むかね、ダージリンの上等な葉っぱを入手してあるんだ……一昨年と去年、アインシュタインという若造がとんでもない説を発表したんだ。相対性原理というものだ。つまりカントがア・プリオリと呼んでいるような時間と空間といった絶対的な範疇は存在しないってことさ。この理論によると未来と過去は有限の長さの時間で分離され、この時間の長さは観測者からの距離に依存する……何、さっぱりわからないと？　無理もない。物理学者にだってちゃんとわかっているかどうかわからんのだからな。あーん、……つまり時間と空間はつながっているということだ。それなら簡単だと、馬鹿な！　これは革命なんだよ。どうだな、このダージリンはいけるだろう。

僕は来週コペンハーゲンでの国際学会で、この理論を数学的に解析するつもりだ。だが、まだその数式は完全とはいえん。細かいところをもっと検討しなければならん。僕は忙しいのだよ。僕の数式の何がすごいかっていって、光速度を超えれば世界の外に飛び出してしまうというのがすごい。ただ、現実的に考えて、そんな光速度で飛ぶ飛行機械があるとは思えんがね……。しかし、グスタフも変わった男だったから、何をしでかしたか予断は許さない。彼は相対性原理もある程度知っていたしな。君もご苦労なことだ。失踪したがっていて失踪した人間を探すなどとは？ほうっておいたらどうだい……

僕？　いつからの知合いかって。ああ、あれは一八九一年だったな、僕がハンブルク大学の講師になった年だ。グスタフがちょうどハンブルク市立劇場の指揮者に就任してきた時さ。自分で編曲したシューベルトの『死と乙女』を演奏した晩だった。……そう、弦楽合奏用のものだ、よく知ってるね。僕は演奏会のあと、向いの居酒屋で飲んでいた。そしたら彼が入ってきたんだ。グスタフはかなり落ち込んでいたな。……ふむ、まあそんな感じだった。ところが、こちらも落ち込んでいたんだ。ちょっとした方程式の解を先に人に解かれちゃってね……。それでもって、何となく彼と話すはめになった。もちろん、僕のほうは、彼が指揮者だってことは入ってきた時からわかってたんだが、見ず知らずの僕に話しかけてくるとは思わなかったな。気難しい彼にしては珍しいだろう。何に関心があって彼がそういう行動をとったのか今もって理解できないがね。

……そう、それまでは知らぬものどうしさ。

ところが少し話したら彼が自然科学にもけっこう興味を持っていることがわかった。科学における神観念だとか、熱力学の第二法則なんかのことを話題にしたなあ。……そうじゃない。エントロピー増大の法則のほうだ。ほうっておけば宇宙の無秩序は限りなく増大するってやつさ。グスタフはその時ペシミストだったから——いや、彼は常にそうだな——人間の努力はじゃあいったい何なんだ、無意味じゃないか、と僕にかみついた。彼は理論的思考という面では気まぐれだったからね。そのうえ芸術家連中にありがちなことだが、すぐ論理が飛躍するんだ。僕が、この場合の「宇宙」というのは一つの閉ざされた系という条件を満たす物的空間の比喩的ないい方であって、現実にはほとんどの系は開かれているんだ、といくら説明しても聞き入れようとしなかった。じゃあ、われわれが住んでいる宇宙が閉じられていないことを証明してみろ、と来た。これには僕もまいったね。そういうのを論理の飛躍というんだ。次元の違う話さ。科学の理論を持ち出してもはじまらないと踏んで、僕は彼の好きなカントで斬り返した。純粋理性的判断の中で、神が存在するという正命題と、神が存在しないという反対命題は、ともに正しいことが証明できるといったのはカントだからね。……ん？　違ったっけ。とにかく、宇宙は閉じられていまいが、証明とは別次元の話さ。

そんなことを喋っているうち、グスタフは自然科学には国境がないからいいな、といい出した。

音楽にだって国境はなかろうっていったら、そうじゃない、という。彼は自分が二重の異邦人だといった。オーストリアのボヘミア人、さらに世界に家なしのユダヤ人だと。あとで知ったら、彼は前任地のブダペストで、議会の反ユダヤ主義にまともにぶつかったらしい。ハンガリー議会が反ユダヤ主義の劇場総監督を任命した。そのうえ、合唱団員からは祖国愛を傷つけられたとかいう理由で決闘を申し込まれたそうだ。グスタフは新聞に弁明文を載せて対抗したらしいが、気の滅入る話さ。そこでハンブルクに来たんだ。落ち込むわけさね。……いやいや、田舎のことだとタカを括っちゃいかん。今のウィーンと同じようなものさ。ルエーガーなどという反ユダヤのごろつきを市長に選出しているんだからな。嫌気もさそうし、失踪する気にもなろうってもんさ。……皇帝はきらっていただと、ルエーガーをか？　そんなことは知っているさ。まさにそこが重要なんだ。やつを市長にしたのは皇帝ではなく、ウィーンの大衆だったということが。遅かれ早かれグスタフはウィーンを逐われるはずだった……

僕のことかい？　……いや、客員教授でここに来たのは五年前からだが。……そう、学期末の数週間にここで教鞭を取ることになっている。……そう、グスタフとは来る度に会っているよ。今回は暇がなくて会ってないけどね。……ミルデンブルク？　あのアンナ・ミルデンブルクのこと？　名前は知ってるよ。……いや、それだけで直接会ったことはないし、話題に登ることもなかったな。何か関係あるの？　……あ、そう。

最近マーラー氏に変化はなかったかって？　うーん、そうねえ。この前の時は相変わらずくたびれていた感じだったがな。心境の変化？　さあ、思い当たらないね。……あ、そうそう……いや、止めとこう。ん？　はっきりしないんだ。……違う違う。じゃあ君はこの調書は非公開にすると約束するかね。よし、じゃあいうが、アルマ夫人との関係があまりうまくいってないようなことをいっていたな。どうも夫人に熱を挙げているやつがいるらしい。……え？　すでにご承知だって。さすがだね。この件に関しては僕よりも詳しそうだ。だったらもう話すことはないな。

……今回の滞在かね？　さっきもいったように、学会発表の準備のためさ。ハンブルクには論文資料がそろってないんだ。いやいや、ほんとだよ。今のいまさえ、こんなことをしている暇はないんだ。物理学の世界はさっきもいったように日進月歩でね、とにかく昨今はアインシュタインさ。……何だって、マーラー氏の失踪を予測したのは僕だけだって？　そりゃあ、そうかもしれないが、僕は蓋然的傾向としていったまでで……いや、言い訳じゃあないさ。そんなことぐらい、友人だったら誰だって気が付いていたことだと思うよ。それもわからないで捜査をしているのかね、君。……気が付いていたのは僕だけだというのかい。そんなはずはない！　何よりもアルマ夫人はうすうすわかっていたはずだ。きっと、思っていてもいわないだろうけど。……馬鹿をいうのはやめてくれたまえ。なんど説明させるんだ。国際学会の準備――おい！　何をする？　連行してどうしようというのだ。もうこれ以上いうことは何もない。僕の発表はいったいどうして

くれる⁉」》

第一三章　交歓

柳氏が連れてきた客は、住居のある終南山を出て柳氏邸に遊びに来ていた詩名高き王維（字《あざな》は摩詰《まきつ》）と、その友人の顧真人《こしんじん》、それにたまたま長安に出向いていた安西節度使《あんせいせつどし》の封常清《ほうじょうせい》の三人であった。マーラー氏をあわせて五人の客を相手にするのは、惜春楼にかえって迷惑がかかるといって、夢蘭は自分の妓家《いえ》に行こうといいだした。夢蘭の妓家は平康坊中央の十字街から北東に入り込んだ南曲と呼ばれる一角にあった。歩いてもたいした距離ではない。場所を移して飲み直しとなった。

「王さんはすっかりお見限りだねえ。大層ひろい別荘を終南山の麓にお構えあそばしたとか。それに較べりゃあ、こんな狭いうちはほこりっぽくてかなわないでしょうが、勘弁しておくれな」

「なになに、お見限りとは言い草がひどい。お見限りじゃないからこそ、こうやって訪ねてきたものを。まあ、そうはいっても五十過ぎじゃあ、相手にされないこと請け合いじゃがのう」

王維の頭には白いものが目立ちはじめている。しかし、かつて美貌と騒がれた若き日の面影がまだ頬の輪郭と切長の目尻に残っていた。

「だが、久しぶりの長安はいいものだ。隠居ばかりしていると歳をとっていけない」

「何のチイとも良いことはありゃせん。空気は悪いし、人間は中味がからっぽだ」

と、黄衣黄冠を纏《まと》った人物が口をはさんだ。ひいでた額に、くるくるよく回る瞳をもっていた。

「ええと、こちらのお大尽は?」

「おお、紹介が遅れた。こちらはな――」

といいかけた柳氏を遮って、

「ああ、これはな、自称仙人でな。顧真人と名乗うておる。変わり者だからあまり気にせんでよい」

と、王維が答えた。

「変わり者とは失礼な。変わっているといっても、おぬしほどではない」

「何の何の、妓楼の壁に落書きするほどわしは変わっておらん」

「あれ、そしたら、あの惜春楼の壁に絵筆を振るった顧さんて、こちらのお大尽のこと」

それまで無言だった封常清が太い眉をくねらせながら、

「わはははは。それだそれだ。顧真人殿。青春の記念はいつまでも残る。それも若気の至りで愉快愉快。絵筆か『筆下ろし』かわからんぞ。わははははは！」

と、ちゃちゃを入れる。武人にしては短躯で、おまけに寄り目なため、おそろしく醜い顔立ちだった。しかし、歴戦の経験から来るあなどりがたい風骨が漂っている。

「これだから武人はぞんざいで困る」

と顧真人はきまり悪そうにいう。

「武人で悪かったのう。わしは安禄山《あんろくざん》から長安を守るために――」

「封さん、ここでは野暮な話は抜きだといったろう」

柳氏が封常清をさえぎってそういった。

「おう、そうであったな。すまんすまん、つい地がでてしまって――」

いっぽうマーラー氏は、白い髭をもてあました顧真人の顔に見入りながら、確かこの人物に会いたいと考えていたことを思い出した。惜春楼で見た不思議な壁画の主である。ところが、会って何か訊くことがあったはずなのに、それが何なのかもう思い出せなかった。

夢蘭が顧真人を揶揄して、

「女将《おかみ》さんもあの頃はきっぷがよかったって、よく姉さん達がいってました。だって、お金もない顧さんを心意気で揚げてたんでしょ。その挙げ句、壁を汚されて売れっ子の妓女と駈落ちされたんじゃあ、割にあいませんこと？」

というと、脇から王維が真面目くさって、

「あの壁は汚れではない。鬱勃《うつぼつ》と広がる色彩のにじみが漠然と山水の形象《かたち》を浮かび上がらせる。造化の妙だ。鬼神の技に等しい。顧真人以外になしうるものではない。将来、多くの画工が眺めに来るだろう。そして誰もその秘密を理解することはできない」

と弁護した。

「もう勘弁してくれ。それに身請けの金はあとで払った。すべては迷いじゃ。そうはいっても駈落ちに悔いはないがのう」

「まあ、うらやましい人」

「じゃが、結局逃げられた。いい夢を見たと思うほかはない」

「ほほほほほ」

夢蘭が笑う。すると俄然、封常清が頬を紅潮させて詩句を長嘯し始めた。

「〽世におることは大いなる夢に似たるに――

なんすれぞ　その生を労するや
ゆえに終日酔い――

頽然《たいぜん》として前楹《ぜんえい》に臥す……」

李白（字は太白）の『春日酔起言志《しゅんじつよいよりおきてこころざしをいう》』だった。柳氏が後を続ける。

「〽覚め来たりて庭前をながめれば――

　一羽の鳥が花間に鳴く
　こころみに問う　此は何の時ぞ――

　春風に流鶯《りゅうおう》の語る……」

　二人が詠い交わしている間、王維が顧真人に話しかける。

「李太白も顧さんのように仙人になりたいクチだったな」

「なりたいクチとは失敬な。わしはれっきとした仙人のつもりじゃがな。李太白は大酒飲みが玉に傷。あれじゃ仙人は難しかろう」

　王維が、

「だが仙人だったら長安なぞには出てくるまい。わしの勧誘を断わったであろうに」

　というと、

「それは天仙の話、地仙は市井に混じることを厭わない。それに居候の身としては主人の誘いを断わるのは礼を失すると思ってな」

　と顧真人が弁明する。さらに王維がいう。

「しかし、顧真人とはいうが、どう見ても……」

　真人とは元来、道教の最高の境地に到達した人物の称号だった。

「何じゃ。おぬしの墨絵にわしが色を付けてやった恩義を忘れたのか」

顧真人がそう切りかえす。

「〽これに感じて嘆息せんと欲し——

　酒に対してまた自ら傾く……」

「あれはそちらが勝手にやったこと。わしは水墨だけで完結させようとしたものを」

「書と画は違う。豊饒で深淵な造化の姿を写すのに墨だけというのは不十分じゃ」

「そんなことはない。造化の本質はその骨格にある。骨格は玄のまた玄。玄とは色なき世界。色は不要だ」

「〽浩歌《こうか》して明月を待たんとするに——」

「それをいうなら、もうすこし画技を磨いた後にせい」

「何と！」

「〽曲尽きしときはすでに情を忘れたり……」

「まあまあ、ご両人。よいお歳をして喧嘩はいただけませんわ。ここではご法度ですよ」

夢蘭が割って入り、碧玉の籌《ふだ》を王維と顧真人の膝前に置いた。封常清と柳氏も詠詩を止めた。

「や、しまったなあ！」

ふたりが同時に叫んだ。妓家ではルール違反の客に妓女が籌を下す。もし、弁明できないときは罰杯を仰がなければならないのが規則だった。

「ここに来るとついつい歳を忘れる」

ふたりとも弁明をあきらめ大きな酒杯を飲み干す。王維のほうは大きなげっぷをした。

「ははははは」

「ほほほほ」

「それはそうと、麻喇《まーらー》さんの琵琶は絶品だそうな。きょうはそれを聴きに押しかけたのだが……」

と王維が切り出す。

「ま、わたしに逢いにきたんじゃああありませんの」

「あそうそう。それもある」

「おや、ごあいさつですこと」

夢蘭がふくれた。

「まあ、気を悪くせんでくれ」

「この人達は胡楽が大好きでね。あなたのことを喋ったら、それはぜひ聴きたいということになったのです」

と柳氏が成行きを語った。マーラー氏はその時さっきの詠詩を反芻している最中で、よく話を聞いていなかった。

「え？　わたしの何ですと」

「琵琶じゃが……」

「ああ、琵琶ですか。やらないこともないが箜篌《くご》のほうが手慣れています。座興となるならば喜んで」

　といいながら夢蘭に訊く。

「箜篌はあるかね」

「いえ、琵琶しかありませんが」

「じゃあそれでよい」

　調弦をしながら捍撥《かんばち》の当たりぐあいを確かめ、

「夢蘭。さっきの李太白詩を『胡酔子《こすいし》』で歌えるかね？」

「ええ。できると思いますけど……」

　戸惑いながら夢蘭がそう答えると、撥が勢いよく導入部の旋律をはじき始めた。

　夢蘭の歌声は天空を駆ける駒のようにさっそうとすがすがしい。伴走する琵琶の音は竹のようにしなっては激しく声を駆り立て、蚕糸《さんし》のように和らいではやさしく声を包む。歌の主旋律と琵琶の副旋律が時に危うく、時に織錦《おりにしき》のような自在さで交互に浮き沈む。即興のスリルである。歌は詩を二度繰り返したが、琵琶の音はその度ごとに変化して聴いている人達を愉しませた。やがて終結部が近くなると、低音弦の律動に替わって、高音の微細なトレモロが現われ、音の潮がゆるやかに引いてゆく。最後に主音弦がはかなくかきなでられて終わった。

「いやあ、見事見事！　こんな躍動する李太白は初めてだ。いにしえの琴の名人伯牙《はくが》をして顔色なからしむとはこのことだ」

「確かに。柳さんのいったことは間違いではなかった」

王維と顧真人が手放しで褒める。酒の酔いも手伝って、座が一挙に盛り上がった。

「よし、わしもやるぞ！」

封常清が剣がわりに窓の支持棒をはずしてきて、

「〽古来征戦幾人か帰る——」

となりながら、剣舞を舞い始めた。

柳氏は静かに酒を飲み続け、顧真人と王維は酒の勢いにまかせて席画を競い合った。マーラー氏は夢蘭と画評に参加する。

坊門を閉ざす太鼓の音も聞き流し、いつのまにか宵になっているのに気付いても、妓家の客達は気にしなかった。やがて夜の闇が睡魔をしのばせてくる。座がお開きになろうとする頃、王維がよろめく体をやっとのことで柱に寄らせ、傾いた冠を正した。

「わしは顧真人と違って画工ではない。詩客じゃ。よって詩を詠ずる」

と、誰に向ってということもなく、ろれつが回らないセリフを吐き、自作の詩句を嘯《うそぶ》いた。

「〽馬より下りて君に酒を飲ましむ――

君に問う、何の所にかゆくと

君はいう、意を得ず――

帰りて南山のほとりに臥せんと

ひとえに去れ、また問うことなからん――

白雲は尽くる時なし

ひとえに去れ、また問うことなからん――

白雲は尽くる時なし

白雲は尽くる時なし

白雲は……」

王維はかぼそい声でいつはてるともなく詠っていた。灯火も尽き、もう宵闇があたりを包んでいる。かろうじて起きていたマーラー氏はそれでもじっと王維の声に耳を傾けていたが、睡魔には勝てない。眠りに落ちようとした時、やわらかいものがマーラー氏の体を覆った。それは驚いたことに夢蘭だった。

第一四章　ユスティーネ・ロゼ

（ライムント警部の捜査日記より）

＊

一〇月二〇日
マーラー氏の失踪を予想できたという物理学者は結局何も有力な手がかりを持ってはいなかった。ただ、マーラー氏と哲学論議をさかんに交わしたという点で、彼よりも思想的に密接だった人物がいることを知った。ウィーン帝国議会図書館勤務のジークフリート・リーピナーというそうな。思想的関係というのは重要だ。まさかシオニストじゃあるまいな。いずれ調査しなければ。

今後調査すべき人物は二種に分けられる。ひとつは身辺の親しい人物達。もうひとつは、マーラー氏に敵意を抱いていた人物達。後者は前者よりも格段に数が多い。当面はマーラー氏の不在によって利益を蒙る人間の線を当たるべきであろう。それに反ユダヤ主義者達と。

一〇月二一日
目新しい進展なし。
一〇月二二日
非番。
一〇月二三日
居酒屋『青い駱駝』から北北東に五分ほどいった地点で、マーラー氏のポケットチーフらしいものが発見された。中国絹製らしい。アルマ夫人に本人の物であることを確かめたあと鑑識に回す（血痕はないことが判明）。『青い駱駝』のあるドロートネール通りはマーラー氏の帰途とは方向違いであるが、オペラからほど遠くないからとくに問題はないとしても、ポケットチーフの発見場所は、マーラー氏のアパートのあるアウエンブルク通りへの方向とは全然方角が違う。『青い駱駝』を出たあと何故マーラー氏はさらに帰り道と反対方向に歩いたのだろうか。酩酊による間違いか、それとも物理学者のいうように失踪願望があったのだろうか。

＊

《ウィーン市区ライムント警部の事情聴取速記録九——

〈参考人〉ユスティーネ・ロゼ、旧姓ユスティーネ・マーラー

〈失踪者との関係〉失踪者の妹。五年前、ウィーン・フィルのヴァイオリン奏者アルノルト・ロゼと結婚。マーラー氏とはその後も家族ぐるみの交際を続ける。

〈聴取場所〉ロゼ宅

〈聴取〉

「……ええ、そうよ。グスタフより六つ年下。行方不明と聞いてとても心配しているの。まだ手がかりは掴めないんですか？　……おお、グスタフ！　かわいそうに、どこをさまよっているのかしら。あたし達は、いつもさまよう宿命を帯びているんだわ……

あたしに心当たり？　もちろんありませんわ。あったら自分で、死にものぐるいで探しますもの。アルノルトにも頼んで楽団関係者を当たってみてもらってますの。ご承知の通り兄には敵ばかり多いけれど、まさか消えてなくなれと皆が思ってるわけじゃないし、それに管楽器の楽員達

は弦楽器と違ってはじめから兄に同情的だったし……。でもいまのところ、こちらにも手がかりはありませんの。あの日、兄は大公に会っただけで、楽団員のだれとも会わなかったらしいんですの。アルマは何と？　……そうですか。困ったことです。

でもこうなったことの原因のひとつはあの人にもあるんだわ。……だって、最近のグスタフに対する愛情は、あたしの目からみても冷めているのがわかるんですもの。……え？　初耳ですって？　警部さんも、お上手ねえ。……そうねえ、マリアを亡くしたときはふたりで支え合っていたようだけれど、グスタフからはあの人の冷たい態度をときどき愚痴られましたの。そのことはとてもつらかったみたい。……どのことかって？　ああ、警部さんはご存じないかもしれないけど、『亡き子をしのぶ歌』を作ったせいでマリアが死んだんだと、兄を責めていたの。口に出してはいわなかったけど、あたしにだってあの人の顔にそうかいてあるのが読めたわ。

グスタフはとても繊細なこころを持っているの。まるでベネチアンガラスみたい。そのことがもうすこしあの人にわかってくれたらと思うわ。何でも自分のせいにしてしまうのよ。あの『亡き子』の歌のせいで、と思い込んで傷ついたのは、あの人にいわれてからじゃないの。いわれる前にわかってしまっていたの。だからとてもつらかったと思うわ。それに、最近アルマにときどき妙な噂が立ったりしていたでしょう。どんなことかはいわなくてもわかっていらっしゃるでしょうけど。……そう、そのこと。で、グスタフはそれもすべて自分の落度と考えていたの。かわいそう。それぱっかりじゃないのに……

あたしのためにグスタフが借金？　いいえ、聞いてないわ。……いいえ、いってちょうだい。……そんなに⁉　でもあの人の話でしょう。いつだったか、あの人お金の使い方が粗い、ってあたしに文句をいったことがあるの。あたし悔しくって悔しくって、いってやったわ。いいわよ、いよいよとなれば兄といっしょに物乞いして歩くからって。グスタフとあたしが、これまでどんなに苦しい時でもいっしょになって耐えてきたか、わかっていないのね。

あたし、義姉《あね》があの人じゃなくてナターリエだったらって考えるときがあるの。……ああ、ナターリエ・バウアー＝レヒナー。兄の学生時代からの友達で、ヴィオラ奏者よ。あたし達かなりうまくいっていたの。夏の休暇の時もグスタフといっしょに旅行して創作をふたりで助けてやったり弾いてあげたりしてたわ。あの人が現われる前までは、てっきり結婚するものだとばかり思ってた。ナターリエだって、きっとそうよ。グスタフはあの人と出会ってから、何となく人が変わってしまったみたいだった。結婚のことを打ち明けられたのも、まわりの人がほとんど知ってしまっているような時期だった。随分水臭いとお思いになりません？　それもたぶんあの人のせい。……そう、あたしの結婚式はグスタフと一日違いだったわ。それはあたしへのグスタフの愛情ね。あたしにさびしい思いをさせたくなかったので婚約者を見つけてくれたの。そして同じ日に式を挙げようといってくれたの。一日ずらしたのは遠慮したあたしのほうよ。……いえいえ、そんなことはないわ。夫にはとても満足してます。……グスタフがあたしにもうんざりしていたですって？　それは警部さん、あんまりだわ。だれがいったいそんなことを。きっとあの人ね。

……両親？　両親のことはあまり話したくないわ。でもぜひにというのでしたら……そう、何から話したらいいのかしら、いっぱいありすぎるような、話すことなんて何にもないような。……もちろんユダヤ人よ、両方とも。父ベルンハルトはボヘミヤのカリシュト村の醸造家さんだった。母は石鹸業者の娘。……ああ、マリー。マリー・ヘルマンよ、母の名は。そこで結婚したんだけど、あたしが生まれたときは近くのイーグラウに移っていた。割に裕福だったわ。父の事業がまあまあ成功したの。でも両親はとても仲が悪かったわ。父はものすごい野心家で、頭の中にあるのは出世のことばかり。似合わないのに開明思想派を気取っていたし。だから家の中ではドイツ語を話してたの。ドイツ人の新興商人ともつき合っていた。そんなことは母にはまったくどうでもいいことだった。むしろ父の浮気のほうが問題だった。でも母は我慢してたわ。あたし達子供のために。母にはもう何も父に期待するものがなかったってわけ。それに母はユダヤ教徒の家に育ったから、厳格な律法主義を信じていた。それも父には面白くなかったみたい。父はユダヤ人であることをあまり表にだしたがらなかったの。それなのにユダヤ人会の役員なんかやってたんだけど。

……そう、ユダヤ教会があったから、子供の時いっしょにそこに通っていたわ。母とあたしは熱心だったわ。でも男達はべつにそれほどでもなかった。あの頃はよかったわね、おなじ村にユダヤ教会とキリスト教会が建っていて仲良く暮らしていたし、今みたいにぎすぎすしたところが全然なかったでしょう。……グスタフの改宗？　ええ、そうよ。あれは就職のため。兄は小さいときからユダヤの律法にはほとんど無関心だったんだけど、神そのものについては異常なくらいの関心を示していたの。だから改宗のとき司祭さんは兄の質問に答えるのが大変だったみたい。何を聞いたのか知らないけど、兄は合理的じゃないと納得しないところがあるから……

両親は八九年に死んだわ、二人とも。……いえ、別々よ、病気で。父は二月、母は一〇月。その間に姉のレオポルディーネも死んだから、あの年は悲惨だった。兄弟達の面倒を全部あたし達がみなければいけなくなったし。グスタフとあたしが両親がわりってわけ。……そうねえ、兄は父の死には全然動じたところがなかった、葬式にも出ようとしなかったぐらい。あたしが連れてったの。でも母の場合にはかなり参ってたわ。何もしてやれなかったと、例によってひどい自責の念に駆られていたの。あなたのせいじゃないって慰めたけど、しばらくは落ち込んでたままだった。

……失踪願望？　うーん、そんなこと考えたこともなかったわ。夜逃げってことかしら。そりゃあ、決して裕福じゃあないでしょうけど、借金に首が回らないなんていうことはなかったと思いますけど。……もっと哲学的？　人生への悲観？　あたしにはそんなことわからないわ。でも、そうねえ、あの人から逃げたいと思ったことはあったかもしれませんわ。もっとも、兄が自分から望んで身を隠したなんて思いませんけど。とにかくもうすこしあの人の周りをお調べいただいたらどうかしら……」》

＊

一〇月二四日

ユスティーネの聴取終了。一見して暗い性格。マーラー氏一族の一般的傾向なのかもしれない。両親の不仲、兄弟の半数が若くして死んでいること、反ユダヤ主義からの一般的圧力などがその形成因か。アルマ夫人に対する反感は想像以上のものがある。兄妹の絆を強く意識しているのだろう。本人は知らなかったようだが、確かにユスティーネの借金はあった、しかも五万オーストリア・クローネ金貨分だった。マーラー家はいまもそれを支払い続けているという。しかし、それとこの事件とは関わりがなさそうである。失踪の線での手がかりは彼女からは何も得られそうにない。なおユスティーネはマーラー氏より六歳下ではなく、じつは八歳下だった。若くいつわるのは普通だが、これは理解できない。

第一五章　左遷

龍が墜ちてゆく。

「麗花、あれを！」

「何でございますか？」

「龍だ」

「えっ⁉　どこに……」

「いま見なかったかね、龍を」

「……はあ」

「そうか、見なかったか」

柳氏邸の牡丹花の向こう、碧空を斜めに切り裂き墜ちてゆく龍を眺めながら、マーラー氏は息を呑んだ。

この日、マーラー氏は楽合せのため太常寺内の太楽署に出向いていた。そこへ麗花が、柳氏からの突然の呼び出しを携えて飛び込んできた。麗花といっしょにマーラー氏は大街大路を急いだ。柳氏邸の門を早足に過ぎたとたん、龍に遭遇したのである。

部屋に入ってくる柳氏を認めるなり、麗花が、

「柳様、旦那様が龍を見たんですって」

「ほう、それはめでたい！　瑞兆だ。わたしは、恥ずかしながら未だかつて見たことがない。近々きっといいことがありますぞ」

「麗花には見えなかったというのだから、気のせいかもしれません」

「瑞兆は、それが訪れる人物にしか見えない。心配はいらないでしょう」

だが、そういわれてもマーラー氏は落ち着かなかった。

「ところで、用件というのは？」

「おお、そのことそのこと」

といいながら、柳氏はふーっと息を吐き出した。

「実は湖南の長沙へ転任することになった」

「それでは――」

「そう。転出といえば聞こえがいいが、要するに左遷《させん》です」

「どうしてそんなことに？」

「ふむ」

いい淀んでいる様子を見て、麗花が口を挟んだ。

「あのお……」

「ん？」

と柳氏。

「あたし席を外しましょうか？」

「いや、いいんだ。麗花も、もうおとなだ。聞いててくれ」

柳氏は立ち上がって側にあった銀の鳳首瓶《ほうしゅへい》を取った。中味の重さを確かめながら、深青色のワイングラスに葡萄酒を注ぐ。マーラー氏がかつて柳氏に贈ったリング飾り付きのやつだ。

「まあ、つきあってくれ」

とマーラー氏に差し出した。麗花には果汁を与えた。

赤い塊がグラスの青を犯してとぐろを巻く。柳氏はひとくち飲んでから、

「諫言《かんげん》が容れられなかった」

「というと……」

「安禄山《あんろくざん》の名前は知っているでしょう」

「ええ。たしかサマルカンド人とかいう――」

「いや、やつの生まれは確実なところがわからない。何せ九種の言葉を自由に操るといいますから。先頃まではとにかく平盧《へいろ》、范陽《はんよう》、河東《かとう》の三節度使《せつどし》として大唐国の北の守りの要めでした。ところが、去年の末、兵を挙げた」

「知らなかった」

「そう。知らないでしょう。肝心の皇帝すら最近まで半信半疑だったのです。長安ではあまり事情がよく知られていない。いや、知っていて知らないふりをしているといったほうが当たっているかもしれない。ともかくこれは大変なことになる。反乱軍はもうそこまで来ているのです」

「ええっ！　ほんとお？」

麗花が驚いて声をあげた。マーラー氏は惜春楼でこの前夢蘭が北の異変について語ったことを思い出した。

「今度の事件は安禄山と楊国忠《ようこくちゅう》という皇帝の寵臣どうしの勢力争いがおおもとにあります。四年前までは李林甫《りりんほ》という共通の敵がいて二人は手を結んでいた。そういうわたしも反李林甫派のひとりではあったのですがね……。ところが李林甫が没すると、とたんに反目し始めたのです」

かつて李林甫は門閥貴族派の頭目で、柳氏など科挙上がりの進士《しんし》派とは鋭く対立し、ほとんど独裁体制を敷いていた。その李林甫がいる間は各派共闘していたものの、重石《おもし》が取れたあとは、宦官《かんがん》まで巻き込み四分五裂してしまっていた。なかでも兵力を動かせる安禄山と楊国忠の対立は深刻だった。

「発端は昨年の二月に遡ります。安禄山が部下を派遣してきて、北縁の守りを固めるため、地理にうとい漢人の将軍三十二人に代えて蕃人《ばんじん》を採用したいといってよこしたのです。皇帝は別に異論はなかった。しかし楊国忠はこれは叛意の現われだとして反対したため、許可されなかった。それ以降、楊国忠はたびたび安禄山の異心を主張しました。皇帝は安禄山がかわいいものだから、しばらく楊国忠の意見をまともには受けなかったのです」

「みんな、太っちょ安——て、呼んでいる」

と麗花がいった。

安禄山は皇帝のこころを掴むのが巧みであった。初めての謁見の際、膝まで垂れる太鼓腹を指さされて、そこに何が入っておるのかと聞かれたのに対し、はにかみながら「真心だけです」と答えて皇帝を喜ばせた話は有名である。愛嬌のある太っちょ——皇帝の安禄山に対する認識はその程度だった。

「安禄山は楊国忠の度重なる中傷に業を煮やし、ついに君側《くんそく》の奸《かん》楊国忠を除くと唱えて兵を起こしたのです。その後の長安の処理もまずかった。楊国忠の指示のままに、長安の安禄山宅にいた客人や、あろうことか長子の安慶宗《あんけいそう》まで殺してしまった。そこまで禄山を追いつめなければ、まだ安禄山を慰撫する手だてはあったかもしれないのです。だが安禄山は完全に長安に刃向い、自ら皇帝を名乗ってしまったのです」

柳氏は葡萄酒をごくりと飲み干した。

「こうなると安禄山は逆賊。宮廷は逆賊追討のため何回か軍を向わせたのですが、寝返りや内通が続き、ほとんど成果が挙がらない。安禄山をまともに迎え撃ったのは、平原の太守、顔真卿《がんしんけい》ぐらいでした。そこで切札として歴戦の勇将、右金吾《うきんご》大将軍高仙之《こうせんし》を派遣したのです。ところがこれには宦官の辺令誠《へんれいせい》という宮廷からの目付け役がついていて、何かと口を出す。さき頃高仙之は洛陽を支えきれないとみて潼関《どうかん》に退き、背水の陣を敷いたのです。するとこの辺令誠はさっさと長安に帰ってくるや、高仙之の臆病をなじり、軍糧の盗奪を朝議で非難したのです」

泥を吐き出したように柳氏の顔がゆがむ。

「ほんとうの君側の奸とはああいうやつのことだ！　宦官には虫唾がはしる」

「宦官て、男の人のあれを取っちゃった人達でしょう？　気持ちわるぅ」

麗花がいう。

「高仙之は高句麗人でありながら私欲が少なく、吐蕃《とばん》討伐の時もそれ以前の将軍達が三回もしくじった困難な任務であったにもかかわらず、これを見事に平定して唐の威信を高めた人物だった。それを今にいたってこそこそ臆病風に吹かれるわけはないし、官庫盗奪などはありえない。たとえあったにしても戦略の範囲内でしょう。今、高仙之将軍を除くのは自殺行為に等しい。わたしは宦官の報告に異をとなえ、そうやって高仙之の忠誠心を弁護したのです。しかし、その意見は容れられなかったのです」

「……」

「この前いっしょにいた安西節度使の封常清も高仙之と行を共にしました。彼も同じ罪に問われています。恐らく死罪は逃れられないでしょう」

「そんな！」

ひと月前、夢蘭の妓家で出会った封常清の気のよさそうな顔が目に浮かんだ。

「で、その結果が――」

「そうわたしの左遷というわけです」

諦めきった声だった。

「しかし、皮肉なようだが、これでわたしは命を長らえることになるかも知れない。命を賭けて諫め申し上げるのが諫議大夫《かんぎたいふ》の役目のはずだったのですが、都落ちとなると……」

「え？」

「いや、それをいうのはやめましょう。それよりも高仙之がいないとなると長安はどうなるかわかったものではない」

「それほどまでに差し迫っているのですか。しかし街にはそんな雰囲気は感じられませんが」

「みんな、なあんにも知らないんだ」

と麗花。

「そう、百年以上も太平が続くと誰も没落を信じられないようになる。長安は今、腐り始めている。いや、大唐国そのものの屋台骨がぐらついてきている。それも恐れ多いことながら皇帝のまつりごとへの怠慢さによってなのだが……」

確かに街巷は牡丹の花の匂いに酔いこそすれ、迫り来る軍馬の響きにはまったく無知、無関心のようだった。柳氏のいう通り、聞いていながら聞かないふりをしているだけなのかもしれない。長安の四周をめぐる堅固な城壁は、めったなことでも崩れようはずはないのだ。

「麻喇《まーらー》さんとは十年になりますね」

「え？　ええ」

——十年か……そう十年になるな。マーラー氏もぼんやりそう思った。

「高仙之節度使の征西に同行したときはわたしも二十歳を出たばかりだった。亀茲《キジル》から無理やりあなたを連れてきたが、あの時そうしなかったら、あなたの一族が皆殺しにあうところだった。ほかにどうしようもなかったのです」

高仙之が亀茲に立ち寄ったおり、麻喇の名人芸に接し、是非とも音楽好きの皇帝におみやげとして連れてゆくことを決意した。高節度使の頼みに対し、麻喇ははじめこれを拒んだが、高は何としてでも長安に連れ帰るため、拒否した場合は一族皆殺しという強硬手段に出た。柳氏のとりなしもあって、麻喇はやむなく亀茲を後にしたのである。

亀茲に置いてこざるをえなかった一族はどうしていることか。マーラー氏はふと、あのオアシスに咲いた宝石のような都がなつかしくなったような気がした。

「ですが、わたしはこちらに来てこのかた、楽長として厚遇されたことを喜びはしても決して恨みに思ったことなどない。亀茲では不可能な楽団の陣容がここでは可能です。わたしにとってはそれが何より――」

「無責任なようだが、このへんで亀茲に帰るのもいいかもしれない」

柳氏がマーラー氏をさえぎってそういった。苛立った柳氏は珍しい。マーラー氏はワイングラスについたリング飾りを指でもてあそんでいた。グラスの脚台には黒いかげりがあった。

「あたしは……あたしはどうするの？」

「おお、そうであったな。麗花も国に帰るのがいい」

麗花も亀茲近くの交河城という西域の出身だった。

「ええーっ⁉　……でも旦那様といっしょじゃなきゃ、帰らない」

「長安をめぐる情勢は厳しい。今のうちならまだ脱出できます。しかし、遅れれば次第に難しくなる」

柳氏にそう促されても、マーラー氏にはピンとこなかった。しばらくしてマーラー氏がいった。

「柳さん。わたしにはどうも現実感が抜け落ちてしまったらしい」

「え?」

「何というか、日々生きていることが、まるで水中を漂っているような、空中を浮遊しているような感じで実感が沸かないのです」

「そんなことをいっている場合じゃぁ——」

「この頃夢を見る。いや、夢はずっと見続けているといったほうがいいかもしれない。しかし、わたしにはどうも夢で見る世界がただの架空のものとも思えない。夢というよりも、何というか、それはそこにあるのです」

夢蘭に語った石でできた世界の幻のことを、マーラー氏は同じように柳氏に説明した。

「うーむ。やはり奇なる病いから完全に抜けきっていないのだろうか。魂魄が分かれて魂だけが遊離する幽明界というのがあるそうだが、麻喇さんの心神がその幽明界に捕らわれ続けているのかもしれない。……こういうときに困ったものだ」

「そんなに困ることはないのですが、ただ世間の出来事が、たとえ真近なところで起きていることも、何となく遠くで起きているように思えるものですから……」

「だが戦火が迫っていることは確かなのです」

「たとえそうであっても、わたしにとっては今度の競楽を逃すわけにはいかないのです。幽明界か何かはわかりませんが、わたしの頭の中で鳴っている雄大な響きを実際の音として表わしたい。それがわたしの夢なのです」

「へえー。旦那様って、素敵なこと考えてるんだ」

と麗花が感心している。

「ふうむ……」

柳氏は窓から中庭を眺めた。太湖石が傾きかけた日を浴びて真珠のようにきらめいた。

「それは命がけになるかもしれませんよ」

「そうなりますかねえ」

マーラー氏にとっては命は陽炎のように移ろいやすく、しかもいつでも再生してくるもののような気がした。

「困った人だ。わたしとしては脱出を勧めますが、聞き入れられなければしかたがない、おやりなさい。ですが――」

言葉を切ってから、いい含めるように、

「いま、朝廷は陰謀が渦を巻いている。今回の不手際の理由を誰かに押し付けたがっているのです。そのような連中はあらゆる機会を逃さず、罠を仕掛けてくる。麻喇さんにそのようなことがあるとは思わないが、連中を甘くみてはいけない。重々注意することです」

と警告した。

「こわそう……」

麗花がおびえて身を縮めた。

第一六章　エルンスト・デッセイ

（ライムント警部の捜査日記より）

＊

一〇月二五日
重要参考人のひとり、アルテンベルクの行方が判明した。ウィーン近郊のハイリゲンシュタット所在のホイリゲ（自家製ワイン居酒屋）に潜伏していたもよう。部下に命じて連行。泥酔しているのでしばらく豚箱でがまんしてもらうことにする。

一〇月二六日
アルテンベルクの聴取を開始。しかし、まだ酩酊していて何をいっているのかまったく要領をえない。こちらは延期。
路上で発見されたマーラー氏のポケットチーフは、この夏、友人のテーオバルト・ポラックからの贈物と判明した。なお、ポラック氏は同時に『中国の笛——中国の抒情詩による模倣作』なる詩集をマーラー氏に贈ったとのことである。アルマ夫人に、ついでの折に提出を依頼。何らかの参考になるかもしれない。

＊

《ウィーン市区ライムント警部の事情聴取速記録一三——

〈参考人〉エルンスト・デッセイ

〈失踪者との関係〉ジャーナリスト。『ウィーン音楽新聞』『ノイエ・フライエ・プレッセ』紙等に音楽批評を掲載。ウィーン音楽院院長だった反ユダヤ主義者の故ヘルメスベルガーに傾倒。失踪者のオペラ劇場音楽監督辞任問題では積極的に関与し、反マーラーのキャンペーンを張っていた。

〈聴取場所〉『ノイエ・フライエ・プレッセ』紙編集局

〈聴取〉

「……何ですと！　マーラー氏が失踪？　ふうむ、興味深い出来事だ。さっそく報道しよう。……え、だめ？　どうして……そうですか、まあ、依頼人からのたっての願いとあらば仕方がありません。いいでしょう、もうすこし事態の進展を待ちましょう。ところで、それはいつから？　……そうですか、もうそんなに経《た》っているんですか。しかし、マーラー氏はオペラ劇場をすでに辞めさせられていたんでしょう。どこか職探しに行方をくらましただけじゃないんですか。……ふざけてはいません、大真面目ですよ。

……僕の弾劾記事？　弾劾だなんて、そんなおおげさなものじゃありませんよ。たしかに僕はマーラー氏が即刻オペラの音楽総監督を辞めるべきだということは書きました。いまもその見解は変わっていませんよ。……なぜ？　理由のひとつはマーラー氏の音楽活動に関する考えかたです。

マーラー氏は完全無欠な音楽に到達しようと努力している、とよくいわれました。ある点では当たっています。それまでの花形スター歌手中心主義をやめて全体のアンサンブル主導主義に切り替えたり、作品の省略演奏をやめて常に通しでやったことなどは、確かに功績と認めましょう。しかし、その一方でなぜベートーヴェンの交響曲を作曲者の指示通りに演奏せず、勝手に楽器の数を増やしたり、あまつさえパート譜まで付け加えたりするのか。これは偉大な古典に対する冒《ぼう》涜《とく》というべきものだ。完全な音楽の演奏という理想と矛盾しています！　……ちょっと警部さん、どうしたんですか？　……唖？　やあ、これは失礼。興奮するとついつい唾気を飛ばしてしまうもので……

もちろん僕だってマーラー氏の指揮のレベルが高いことは認めます。仕草がオーバーなことには目をつぶってもいい。しかし歪曲された演奏はがまんができない。結局、マーラー氏の演奏を聞くというのは、ほんものらしく見せかけた偽物の骨董品を見せられているようなものです。マーラー氏がいじっては変え、いじっては変えをしながら到達しようとしている完璧なアンサンブルの理想というのは、実は初めっから存在しなかったのです。いじることそのものが自己目的だったのです。ここんところの違いがわかりますか？

……そうですか、音楽にはまったく興味がない。いいでしょう。そういう人もいて当然です。でもいっておきますが、僕なんか寛容だからそういいますが、マーラー氏にかかってごらんなさい。音楽に興味がないなんていったら、きっと動物をみるような目でみられますよ。うけあいます。……まあ、我慢して聞いてもらいましょう。

……それにオペラの演出についてもマーラー氏と僕とはまったく意見が合いません。僕はオペラに関してはあくまでも音楽が主体であって、音楽の進行に見出される形式的必然が舞台の演出を決定するという立場を取ります。音楽の神聖さを冒す危険をもつような演出はなされるべきではない。しかし、マーラー氏のはどうですか。あのロラーとかいう分離派上がりの連中を使って奇抜な舞台ばかりをこしらえている。あんなことをする必然性はどこにもない。音楽美の成就を妨げているだけです。ワーグナーのような冗漫なオペラだったら、まあ、ああいう変わった舞台も退屈しのぎにはいいかもしれない。だが、モーツァルトとかウェーバーであれをやるのはナンセンスだ。音楽の進行に即した自然な舞台演出こそがオペラにはふさわしいのです。……また唾気が飛びましたか、すいません。

それともうひとつ理由がありました。……え？　そうそう、マーラー氏の辞任を促したもうひとつの理由のことです。……これはあまり大きな声でいいたくないのですがね、ほかでもない、マーラー氏がユダヤ人であることです。

……もちろん、マーラー氏が改宗したことぐらい僕は知っています。でもそんなことは問題じゃない。宗教などはどうでもいいのです。問題は、いまこの国の存続を脅かしているものが成り上がりのユダヤ人達だということ、ユダヤ商業資本の台頭だということです。彼らは、前世紀の半ば以来骨抜きにされてしまった伝統的文化階級の低迷をいいことに、目立たぬよう、目立たぬよう、社会の主導的な実利的地位につくことを心がけてきたのです。それは、しゃくにさわることに皇帝の自由で啓蒙主義的な考え方にうまく便乗できたのです。おかげで、この国の経済のバランスは崩れ、貧富の差が拡大し、失業者があふれることになってしまいました。いま社会の底辺には巨大な負のエネルギーが蓄えられています。いつ爆発するかわからないほどだ。フランス革命なんぞにかぶれた輩が不穏な動きを見せてもいる。いったん事が起こったあとでは遅いのですよ。それもこれもユダヤ人のせいだ！　ルエーガー市長の肩をもつつもりは僕にはありませんが、もうこれ以上、ユダヤ人の社会侵出を放置するわけにはいかないのです……

マーラー氏の宮廷オペラ劇場音楽監督就任は、まさしくそれを象徴する出来事だったのです。あの改宗のやり口をみれば、どんなに彼らが巧妙なやり方をとるかわかるでしょう。……それに警部さん、まさかあなたユダヤ人じゃないでしょうね？　……よかった。ならいいますが、実をいえば、僕は……いや、いってしまおう、僕は彼らがこわいのです。彼らの能力を恐れているのです。商才だけではなく知的な能力においても。そうは思いませんか？　あの『新自由新聞』にしても『ウィーン日報』にしても、読みごたえのある記事はユダヤ人がユダヤの知識人を相手に書いたものばかりです。いったいどうしてなんでしょうね？　……

まさか、彼らが口に出さずに信じているように神によって選ばれた民であるなどということは絶対ない！　絶対ないとしても、この現象は一考に価します。もし、ほんとに彼らが傾向として優秀だとするならば、それは何故か？　人種的素質か、それとも人種的慣習か何かのせいか？　先天的か後天的か。どう思います？　……僕は考えるのです。先天的に優れているなどということは金輪際ありえないと。そんなことあってたまるもんですか。決って後天的なはずです。

その鍵はヘブライ語とタルムード（教義書）教育にあるとにらんでます。彼らの共同体は小さい時からこのふたつを徹底して覚え込ませます。だから彼らはすべてバイリンガルなのですよ。ヘブライ語はご存じでしょうか？　……そうですか。あれは奇妙な言語でしてね、母音の表記がほとんどないのです。子音の表記だけからできているのです。そのため、読解に手間がかかる。おまけに、母音表記がない分、ことばのごろ合わせの幅がほかの言語より格段にひろい範囲でできるのです。それがどうも幼い頃からの連想能力を育てるらしい。しかつめらしい性格のマーラー氏はともかく、彼らは一般に駄洒落が好きで、ウィットがうまいのも、そんなところから来るんでしょう。

そのうえ、タルムードです。あれはスコラ哲学みたいなもので、たいへんにややこしい。僕なんか、ちょっと見ただけでうんざりします。しかし、おとなのユダヤ人は平気な顔でタルムードを引用する。やはり宗教の力というのは恐ろしいと感じますね。信仰がなきゃあ、というよりユダヤ共同体に留まるための必須条件だからでしょうが、そんなことでもなきゃあ、あれをマスターするのは無理でしょう。幼い時からのタルムード学習は高度な抽象的思考の訓練になっているのですよ、いまいましいことに。さまざまな意地悪い質問も上手に切り抜ける知恵をそこで養うのです。世の中に出たときの彼らの巧妙な立ち回りもここに根があるのかもしれない。

ただ愉快な話だが、聞いてください警部さん、ときどきこれが滑稽な結果を招く場合もあるのです。数年前にフロイトとかいうユダヤ人心理学者が『夢判断』という本を出したのです。ところがその中味を読むと、夢の進行は駄洒落でなりたっているというんだから、僕は噴き出してしまった。ありゃあ、ヘブライ語のことば遊びの悪弊、毒され過ぎだな。おまけに夢の内容はすべて願望充足だってんだから、いったい何を考えているのか、呆れますよ。僕の殺され損なった夢は、じゃあ死にたい願望の現われとでもいうんですかね。もっとも、この頓珍漢な本は、ほとんど相手にされなかったそうですが……

そういう失敗例はともかく、彼らがこのまま社会侵出を続けたならば、この国は破滅するかもしれない。その挙げ句、各国に散らばったユダヤ資本を合併すれば、ヨーロッパ経済、いや世界経済を支配しかねない力を持っている。まさかね、そんなことはないと思いますが、いまできるだけのことをしておくに越したことはない。人種偏見などというたわごと批判に耳を傾けている暇があったら、自分の足元が崩れ落ちないように気をつけることのほうをお勧めいたしますな。

……誰のことですって？　ああ、コルンコルド氏ね。そんな懇意じゃあないです。何せコルンコルド氏は最近まで『新自由新聞』のマーラー擁護派の論客だったのですからね。僕が書く記事にはいちいちクレームをつけてたくらいですよ。だが今は彼もマーラー氏辞任賛成派に鞍替えしました。オペラ作家として売り出し中の息子がいてね、エーリヒというんですが、その才能をマーラー氏がまったく認めなかったらしい。それで喧嘩別れしたんです。やっとマーラー氏のやりくちがわかったらしい。それぐらい初めからわかるべきだったんだがなあ……まあ、そうはいっても、そんなこと僕には関係ありませんがね……

マーラー氏失踪、けっこうじゃあないですか。ひさびさに愉快な話だ。しかし警部さん。油断はできませんぞ！　こりゃあ何かのポーズ、いやいや、それどころか彼ら一流の計算かもしれない。どうせ、辞任を見込んで次の手を打っていることにまちがいはないんですから。失踪で振り回されるわれわれを陰で笑いながら、次の契約の上がりをチェックしていることだって充分考えられるんです。悪いことはいいません。ほうっておきなさい。そのうち街角からふらりと現われますよ。無視するに越したことはないんです。あーあ、なぜ僕が彼らのことで悩まされねばならないのか、馬鹿馬鹿しい……」》

第一七章　送別

街巷は晩春の重い陽射しにさらされていた。人々の影が黄色い土にへばりついている。空気はまだまだ牡丹花の匂いをにじませていたが、ようやく兵禍の予感をしのばせてきたのかもしれなかった。

「柳さん。陶器でできた亭《あずまや》って知ってますか?」

「何ですかそれは」

「古い詩に出てきたと思ったんですが、ちょっと気になってまして……」

「古い詩ってどんな?」

「はっきりしないんですが、たしか、

　南方に佳池《かち》あり

　君が為《ため》に池亭を築く

　白玉もて君が門を為《つく》り

釉陶《いろなすすえ》もて君が堂を為る
堂上に樽酒《そんしゅ》を置き
邯鄲《かんたん》の倡《うたいめ》を使作《しさく》す

とかいう出だしだったと思うのですが……」

「さてね、憶えてないなあ。墓葬の明器《めいき》ならともかく、そんな亭のような大きなものを陶《すえ》で作ったとしても、すぐ壊れてしまうでしょうに」

「ときどき幻のように目に浮かぶんです。澄んだ湖の小島に陶器の亭が立っていて、そばには一本の柳がそよ風になびき、玉の反り橋が架かっている風景が。そこに天女のように美しい乙女がいて……」

「そして麻喇さん、あなたがいるんでしょう」

「おや、どうしてそれを？」

マーラー氏はたじろいだ。

「夢蘭から聞きました」

「会ってきたんですか」

「もしかすると、もう顔を見れないかもしれないからね」

柳氏は長沙出発を前に惜春楼にも立ち寄ってきたようだ。

「それは阿弥陀の極楽浄土かもしれないなあ」

「ゴクラク？」

「日が没する西のほう、はるかかなたにあるというホトケの国です。亀茲ではその手の説法はなかったんですね」

「パラダイオスのことですかね」

「亀茲ではそういうのかなあ。でも、それは景教《けいきょう》の理想郷でしょう。極楽はホトケの教えですよ。そこは地面から何からすべて宝玉でできているらしい。清浄で香気豊かな臨池がほうぼうにあり、龍頭鷁首《りゅうとうげきす》の宝船が浮かび、人々は不滅の楽しみを享受するといいます」

「不滅の楽しみ、ですか。そんなものが実際にあるんでしょうかね」

「わかりません。あってほしいとは思うが……」

「死は永遠に美しいと感じるときもあるんですが、生きている限り不滅にはあやかれない」

柳氏は驚いた視線を馬上のマーラー氏に向けた。

柳氏の荷物の一隊は前日に先発している。大勢いた見送りの人々も、馬でもないと坊外までは出てこれないので、柳氏一行は数人の伴びととマーラー氏だけの少人数だった。

「怖いお人だ、死が美しいなどとは。もっとも、極楽へは生きて行くことはできません。死んでから魂だけが往《ゆ》くのです」

「ああ、それならすこしはつじつまが合う」

駱駝の隊商を追い抜く。高い革の三角帽の下から疑り深いギラギラした視線がいくつも覗いている。高価な交易品のせいかもしれない。陽が照っているというのに薄汚れた毛皮をぴっちりと纏ったままだった。

「天の楽はたたかずして自《おのず》から鳴る……」

「え、何と？」

「宙に舞う楽器が自分で音を奏でるのですよ、その極楽浄土では。にぎやかでしょう」

マーラー氏はまばたきをした。想像に心を奪われたときのしぐさだった。

「すばらしい！　いろいろな音が、異なる響きが、さまざまな方角から一度に降りてくる。それこそわたしが試したいことだ！」

おりから、柳氏達の前を異国の使節の一行が通りかかった。身の丈が小さい集団の割に、傲然と横切ってゆく。

「東倭《とうわ》の使節ですね。いまじゃ日の本の国と自称しているようですが」

「へえ、どこにあるんですか」

「極楽とは逆の東海の島国でしてね、昔は蓬萊山《ほうらいさん》という神仙の住む天国かといわれたものですが、……どうにも鼻っぱしらの強い連中ですよ」

「ほう」

「小さな国、小さな民なのに王は天の皇帝を気取っているんだから。周辺の国々でそんな不遜なことをするのは東倭ぐらいなものですよ。ほかの国王はきちんと臣下の礼を尽くすんですがね。もちろん皇帝の前では一応礼に従うのだが、内心では自分達は同等と思っているらしい。愚かなことだ。あの自信はいったいどこから来るのだろう」

確かにその一行は、小さな体、低い鼻とせまい額に怒ったような顔つきを列べていった。しかしマーラー氏には、その表情が自信というより臆病さを隠す仮面のように見え、おかしくもあり、ゆかしくもあった。圧倒的に異国人が多数を占める太楽署の楽士の間では、漢人におもねるべからずという風潮がいまだに残っており、辺境の民には同情的だったのである。

「晁卿衡《ちょうけいこう》のような秀でた人物もいるんだがなあ、……返すがえすも残念なことをした」

「誰のことですか、それは」

「ああ、有名な東倭の人だ。唐に学びに来たんだが、その才を皇帝に見出され、そのまま朝廷の高官になった。三年前に皆が引き止めるのを振り切って帰国したのだが、遭難したそうだ」

晁衡は阿倍仲麻呂の中国名だった。官職名の卿の字を間に挟んで、晁卿衡と呼ばれる。三十六年の在唐後に帰ろうとしたが、暴風にあい難破した。遭難の悲報が長安に伝えられたが、実は奇跡的に一命をとりとめ、後年長安に辿り着く。

「東の海へ、ですか……」

倭国一行の固まった後ろ姿を眺めながら、マーラー氏は彼らもまた命がけの帰途につくのであろうなと思いやった。

「西はその点、流砂さえしのげればいいから、まだましかもしれないな」

と独り言をいった。

「西？　ああ、西ね。やはり帰ることにしたかね？」

「いや、その、もし帰るとしたらという意味ですよ」

「そうか。あなたも頑固だからな」

といいながら、懐から何かを取り出した。

「麻喇さん、これを預かっておいてくれ」

それはこの前、葡萄酒を飲んだワイングラスだった。小振りなために手の平にすっぽりと収まった。

「麻喇さんが二つくれたうちの一つだ。もう一つはわたしが預かっておく。もともとあなたからの贈物だが、交友の思い出の形見にと思ってね」

マーラー氏はあらためてしげしげとそれを見つめた。側面のガラスのリング飾りのせいで手の平にこころよい。何げなく底を眺めた。すると「」という文様か文字のようなものが黒く書い

てあるのに気が付いた。以前、陰りと思っていたものだ。

「これは？」

柳氏に底を差しだして訊く。

「何だ、憶えていないんですか。麻喇さんが二つのグラスに自分で書いた頭文字ですよ。亀茲語の麻《マ》でしょうが、わたしにそう説明してくれたじゃないですか」

もう一度みつめた。そういわれればこの文字を見たような気がしたが、マーラー氏の記憶はあいまいだった。

見上げるといつのまにか長安城の南、啓夏門《けいかもん》がもう目の前だった。その時突然、疾駆する馬のひずめの音が聞こえてきた。ふたりは振り返った。

「封節度使！　……どうしてここへ？」

馬上の主は潼関で安禄山と闘っているはずの封常清だった。血糊まじりの土にまみれた甲冑が戦闘の激しさを語っている。

「柳どの！　わしの弁護の言上《ごんじょう》、いたみいる。すまなかった」

すべての成行きを知っているらしく、封常清は多くを語らない。

「わしも全力を挙げて防いでいるつもりじゃが、こう佞臣《ねいしん》だらけでは死を賭して長安を守る気も起きない。じゃが、これまでの皇恩は返さねばなるまいて」

馬が主人の熱気を察して興奮し出した。封常清はたくみな手綱さばきで馬を鎮める。

「わたしの力足らずで、あいすみません」

と柳氏がいう。

「何の！　かえって左遷とは無念だ。諫議大夫を追い払うとは……皇帝も老いられたな」

「これから、どうされます」

「わしはすぐ前線に戻らねばならない。そこで沙汰を待つ。とにかくこれ以上一歩も引けないところまで来てしまったからな。これが今生の別れとなるやもしれん。ひとこと礼をいいにきた。では達者でな。ごめん！」

封常清は馬の頭を返すと全速で北に去っていった。ふたりとも無言で見送った。しばらくして柳氏が口を開いた。

「麻喇さん」

「え？」

「さっきの陶器の亭だがね、どこかで見つかるといいね」

「そうですね……」

「わたしも探してみることにしよう。縁があったら、またいつかそこで会おう」

啓夏門から南に去る柳氏を、マーラー氏は後ろ姿が砂煙に没するまで見つめていた。夢蘭のところで聞いた王維の別れの歌をくちずさみながら。
〽馬より下りて君に酒を飲ましむ――
君に問う、何の所にかゆくと
君はいう、意を得ず――
帰りて南山のほとりに臥せんと
ひとえに去れ、また問うことなからん――
白雲は尽くる時なし
白雲は尽くる時なし
白雲は……

第一八章　ペーター・アルテンベルク

＊

（ライムント警部の捜査日記より）

一〇月二七日

エルンスト・デッセイは口数が多く、やや反抗的であるが、心証はシロ。ただし相当な反ユダヤ主義者である。反ユダヤの暴力事件に思想的に関与している可能性もあり、今後マークしておく必要がありそうだ。それにしてもわれらがハプスブルク帝国はいったいどうなっているのであろうか。反ユダヤ主義のルエーガー市長はもう数年間議会を開いていない。その間に社会主義者やら革命派やら、変革イデオロギーが横行し、その一方ドイツ主義やらハンガリー独立派やらシオニストやらの民族主義が入り乱れて混在している。今後何が起きても不思議ではない。あのごろつきのカフェー文士達がいうように、もはやこの帝国は没落しつつあるのだろうか。

デッセイと同業者のユーリウス・コルンコルドおよびリヒャルト・ホイベルガーに会う。双方ともかつてマーラー支持派で近年に反マーラー派となった音楽評論家だ。しかし、さしたる収穫なし。音楽好きを表明するやからはもともと独善的なやつばかりだ。

一〇月二八日

アルマ・マーラー夫人から『中国の笛——中国の抒情詩による模倣作』の提供を受ける。この夏にライプツィヒで刊行されたものと判明。編訳はハンス・ベトゲ。内容は、オオイ、リハク、モウコウネンなどのシナ詩人の作に基づく自由な叙情詩のアンソロジーだそうな。アルマ夫人によれば、マーラー氏はこれによる長編歌曲の創作を構想していたらしい。発見されたポケットチーフと照らし併せると、中国に関係することはともかく、それ以上の直接的関係は認められない。即返却。

アルテンベルクが息を吹き返してきた。そろそろ尋問に耐えられそうだ。

＊

《ウィーン市区ライムント警部の事情聴取速記録一七――

〈参考人〉ペーター・アルテンベルクことリヒャルト・エングレンダー、カフェ文士

〈失踪者との関係〉居酒屋『青い駱駝』にて失踪者と口論に及ぶ。現時点ではクルツィツァノヴスキィ、ホフマンスタールとともに失踪者の最後の目撃者。

〈聴取場所〉ウィーン市区警邏隊《けいらたい》本部

〈聴取〉

「……ここはいったいどこだ。何でオレはこんなところにいるんだ……酔っぱらっていただと、

そうともオレはいつでも酔っているんだよ。このけちくさいウィーンのけちくさい道具立てすべてに飽き飽きしてるんだ。え、そうじゃないか、この素晴らしき輝かしい張りぼて世界を目の前にしちゃあ酔うほかあないんだ。腐っても鯛ってわけさ。ああ、ウィーン万歳！……

ところで貴様はだれだ？……そうか警部か。いやしくも恐れ多くも恙《つつが》なくも高御座《たかみくら》にやすみしししわが大君の犬ってわけか。その犬がオレに何のようだ？まあいつものことだから別に驚きゃあしないけどさ。……おっとその前にコーヒーでも飲ませてくれないか、体が冷えていけない。熱いやつを頼む。……水だけだと。ちぇ、まったくしけてやがる。コーヒーが出なきゃあ、なあんにも喋ってやらないぜ。……そうそう初めから素直にでりゃあいいんだ。……ああ、ちょっとの間なら待ってやりますともさ。

そんで何を知りたいってえの。今回は何の容疑だってわけ？……今月八日の晩だって？そんなの憶えているわけないだろうさ。おとといの晩、いや昨日の晩のことだってきちんと憶えているわけないのに。ウィーン中探したって、あの気の知れないカール・クラウスを除いたら昔のことをきちんと憶えているやつなんていないのさ。朝が来れば人間が生まれ変わる。日々われわれは再生しているのだよ、君。過ぎ去りし過去は問うべからず、だ。

……『青い駱駝』？マーラー氏？ふーむ、そういわれてみればそんなこともあったな。それが八日の晩。どうしてわかるんだ、そんなこと？……クルツィツァノヴスキィが吐いただと。

ああ、あの貧乏詩人か……

思い出したぞ！　月が融けたようなあの重苦しい晩だ。土星が不気味に輝いていた。ふむ、たしか……フーゴー、フーゴー・ホフマンスタールもいっしょだったぞ！　でも何でこんなこと訊くの？　……へええ、マーラー氏が失踪？　そいつは愉快だ。……いやいや冗談だよ。……しかし失踪とはね、よくやったもんだ。だが失踪といっても中味はわからないわけか。夜逃げってことはないの？　生死もさだかでない？　そいつあ、やっかいさね。……

あの日は、フーゴー、クルツィツァノヴスキィと昼過ぎにカフェで出くわしたんだ。……ああ、カフェ・ツェントラルさ。それで話し込んでいたら、いつの間にか夕暮れになってた。カフェを出たら皇帝の儀仗兵の行進に出くわしたんで、何となくみんなでくっついていったら、時節はずれの夕立が来た。そいでもってケラー（穴倉酒場）にしけこんだってわけ。――

きみは夕立のあとの森をみた⁉

すべてはやすらぎ、かがやき、まえよりも美しい。

ほら、女よ、きみも夕立を必要としている！

――てなものさ。おお女よ、おまえ達はなぜかくも素晴らしい謎なのか。おい、コーヒーはまだかね？　……来た来た。……うーん、やっぱり生き返るここちがするな。ツェントラルなみとはいかないが。

オレ達ゃあ、『青い駱駝』で三時間ほども飲んでたかな。そしたら珍しくもマーラー氏が入ってくるのが見えた。あそこで見たのは初めてだな。マーラー氏はひとりだった。そう、ひとりで飲んでいたよ。……面識が誰もなかったって、いやフーゴーは知ってたよ。リヒャルト・シュトラウスに紹介されたっていってたぜ。フーゴーはよくオペラの台本を書いてたからな。……クルツィツァノヴスキィは誰も知らないっていいったのか。はははは、そいつは嘘だ！　やつは若いフーゴーをやたらにたてまつってたから、大方何か勘違いしてフーゴーをかばおうとでもしたんじゃないのかね。とにかく声をかけたのはフーゴーだ。マーラー氏のほうからじゃあないな。

……さあて、もう何を喋ってたかなんて忘れちまったがなあ。……ゲーテねえ、そうかもしれないが、そうでないかもしれない。……マーラー氏が怒り出したことは憶えてるな。だがテーブルをひっくり返すなんてことはなかったと思うが、……それもたぶん貧乏詩人の創作だな。第一あそこのテーブルはかなり重いぜ。馬鹿力ならともかく、マーラー氏のような小男には無理さ。ああ待て待て、そうだ！　フーゴーとはとっくみ合いを演じたんだ。フーゴーはおとなしいやつだと思っていたんだがな、オレもびっくりしたよ。……原因ねえ。何か気に入らないことがあったんじゃないの。その時はオレもかなり酔っぱらっていて、もうすでに白河夜船だったから、気が付いたときはフーゴーがマーラー氏の胸ぐらをつかんで叫んでいるところだった。……そう。クルツィツァノヴスキィとフーゴーとふたりで『青い駱駝』から追い出したんだ。……そうなの？オペラを辞めた時だったのか。それでマーラー氏もいらついていたってわけか。そいつは悪いことをしたな。そうと知ってりゃあ、何とかしたかもしれないな。オレ？　いや止めはしないさ。ただ、ちょっと気がかりではあったから、マーラー氏が出ていったあとしばらくドアの外で様子をうかがっていたよ。……あとのふたりはまたテーブルに戻っていったな。……ウェイターと証言が違うって？　あいつらいい加減だからさ。

……それからか。それからオレはマーラー氏に追いついて手を貸そうとしたんだが、払いのけられたな。勝手にしろと思ったぜ。それで、歩いていくのをしばらく眺めていたんだ。夜空が何とも神秘的だった。草刈鎌のような月さ。それがな、限りなく細くなって融けようとするんだ。霧みたいにさ。隣に土星が、まるで森の奥から世界の深さを測るように妖しくまたたいていたな。死神のご降臨かとぞくっとしたぜ。ほかのことはともかく、それだけはよく憶えているんだ。……はははは、面白いだろう。だがオレは作り話はしない。こりゃあ、ほんとのことさ。ありゃあ酔っぱらっていたせいじゃあないな。何せ、そんなことでもなきゃあ、このオレがあの晩のことを今になっても憶えているわけがないんだ。そうだろう？

……マーラー氏かね、マーラー氏は西のほうか北のほうに歩いていったと思うがな。そうそう、土星のほうに向ってな。オレだったらそんなことはしない。月夜の晩に土星に向って歩くなんてな、冗談じゃあないぜ。……ん？　知らないのか。あの辺りの幽霊店舗の噂を。土星がまたたく晩に現われるってさ。よろず屋だか骨董屋だか知らないけど、何かが有るんだとさ、あの辺りに。まあいいさ。ただの噂話だとは思うがな……それはフーゴーに訊けばわかる。……おいおい、無駄だからやめな。オレを締め上げたって何も出てくるもんか。オレだってフーゴーから聞いただけだ。あいつ怪奇趣味だから、人を驚かして喜んでいるところがなきにしもあらずだ。……へえ、やつも行方不明か。だってギリシアだろう。そのうち帰ってくるよ。

……オレは別に隠れていたんじゃない。そんなことする必要がどこにあるかね。ちょいと気取った女のところに時化込んでいただけさ。……名前だって？　警部さんはどこの生まれ？　……モラビアね、そんなことだろうと思ったぜ。ウィーンっこなら、女の名を訊くなんざ野暮ってもんだ。オレも聞きはしなかったぜ。

……ユダヤ人だってことか、ああその通りさ。変名の理由？　ユダヤが嫌いだからさ。やつら、あまりにやる気がありすぎるんだ。皆、挫折しながら死んでいきやがる。オレはそういうペースについていけないんだ。だもんでユダヤを捨てたのさ。警部さん、もう一杯コーヒーをもらえないかな……」》

第一九章　訪問

競楽まであと半月となったある日、二人の男がマーラー氏宅を訪れてきた。取り次いだのは麗花の父である。麗花の父はあらかじめこのことを知っていたとみえて、親しい者どうしのようにぼそぼそと、ふたことみこと喋ったあと、マーラー氏の居室に訪問者を連れて入ってきた。一人は黄幡綽《こうばんしゅく》と名乗った。皇帝の側近と自称している。もう一人は太常寺の少卿于休烈《しょうけいうきゅうれつ》だった。少卿といえばマーラー氏の直属の上司に当たる。何か用事があれば、使者が派遣され、その後こちらから出向くのが筋であった。いったい何事か、陣中見舞いでもあろうかといぶかりながらマーラー氏は客を迎えた。

于休烈は竹さおのように背が高く、作り笑いが細面にへばりついているようで、目は小さく落ち着かず、真正面からみると大きな齧歯《げっし》類を思わせた。黄幡綽のほうは太鼓腹に耳が肩あたりまで垂れ下がる吉相の持ち主だったが、沈んだ狡猾な目の光を福々しい仮面の奥にひそませていた。

「この度はご苦労なことじゃのう。さぞかし忙しいことであろう。邪魔して相すまぬ」

于休烈が口を開いた。マーラー氏がもうひとりのほうをいぶかしげに見ていると、

「おう、こちらはな、黄幡綽殿というてな、さる高位の方のご配下じゃが、今をときめく宰相楊国忠様とも気安うしておられる。皇帝陛下の御覚えもめでたく、陛下に直言できる立場のお人じゃ。大変な実力がおありになる。その黄殿がそのほうに会いたいと申されてな、それでこうしてわしがお連れ申したのじゃ」

と説明した。マーラー氏は辞儀をしたが、黄幡綽のほうは気が付かないふりをして壁に懸かった楽器などを眺めている。

すると、その隙に于休烈が顔を近付け、マーラー氏にすばやく耳打ちをした。

――悪いことはいわん。逆らわないでおくことじゃ。

何のことか想像をめぐらす間もなく、やおら、

「白麻喇《はくまーらー》とやら。日頃皇帝のおぼえがめでたいことは聞いている。すぐれた楽師だそうだのう」

と、黄幡綽が声をかける。亀茲出身者は、この国ではたいてい白氏を姓として名乗っていた。

「霓裳羽衣の曲などは、ことのほかご満悦であった。あれにはわしも感激したぞ。あれもやはり亀茲楽《きじがく》か」

「そうですそうです。先帝以来、亀茲楽はまさに向うところ敵なしですからのう。いまでは亀茲楽のない宴席など考えられもしませんし、高麗楽はともかく、唐楽はおろかほかの西域楽までみ

な亀茲楽をとりいれる始末。わが太常寺太楽署の誇りといってもよいでしょう」

と于休烈が口を挟んだが、マーラー氏は否定した。

「いや、あれは亀茲楽ではない。楽器は亀茲のを使ったが、曲調は天竺楽をもとにして作ったのです」

「ははは。そうか、そうであったのう」

と于休烈。

「それで耳慣れない新しい響きがしたわけがわかった」

楽のことに関しては黄幡綽は于休烈よりも理解が深い。

「だが、あの時舞妓かだれかがお咎めを受けなかったかな?」

マーラー氏はびくっとした。が、その時、

「そのようなことがありましたかのう。わしの前任者の時代なのでよく覚えてはおりませんがのう」

と于休烈がいったのに続けてマーラー氏も、

「何かほかのことと勘違いされているのでは……」

と言葉を濁した。

「そうだったかな……ま、それはいいとして今度の競楽はどのような趣向を考えているのかな。

さぞ気のきいたものであろう」

　マーラー氏は黄幡綽の尋ねたことに答える必要があるのかどうか、わからなかった。競楽の趣向が事前に相手方に漏れてはまずいのである。于休烈のほうを見ると、横眼で返答を促している。

「いやいや、何もそのほうの様子を探って敵陣に触れ回ろうという腹ではない。しかし、いいたくなければいわなくてもよいのじゃ。わしが相手方の斥候《せっこう》でないという保証もないからのう」

　黄幡綽はいらついたように鼻の穴をほじくった。一瞬、緊張が走る。

「今度の曲は大きい連曲にしようと思っていますが……」

　マーラー氏がとりあえずそう答えると、于休烈はほっと胸を撫で下ろした。

「ふむふむ連曲か、それは面白そうだ。で、歌詞は何を使うのかね」

「李太白、杜子美《しび》、孟浩然《もうこうねん》、それに王摩詰殿の詩を使ってみます」

　李太白、杜子美、王摩詰とは、それぞれ李白、杜甫、王維の字《あざな》である。

「李太白か、太白はちとまずいのではないかな。恐れ多くも皇帝陛下のご勘気を蒙ったやつだからなあ」

「ありがたいことに、黄殿はわたしの曲に助言しにおいでしたか」

　不機嫌そうにマーラー氏が皮肉ると、

「これこれ、勘違いするな。黄幡綽殿はそなたのことを気遣って慰問にみえたのじゃ。誤解してはならん」

　于休烈があわてて口を差し挟む。

「まあよい。思った通りの男じゃ」

　といったかと思うと、黄幡綽は急ににんまりと笑いながら、

「実はな、そのほうにちと頼みたいことがあってな。陣中見舞いを兼ねて邪魔したのじゃ」

「頼み？」

　黄幡綽の瞳が恫喝の光を帯びる。

「率直にいう。今度の競楽は必ず勝て」

　于休烈とマーラー氏はあっけに取られた。于休烈にとっても予想外のセリフだったらしい。

「もちろん、そうするつもりですが……」

「つもりでは困る。必ず勝て」

　于休烈がたまらず、

「し、しかし、皇帝ご贔屓の内人側を相手に必ず勝つなどという保証は……」

　と口を挿む。だが黄幡綽は畳みかけるようにいった。

「いや、そのほうなら勝てる。たとえ亀茲楽抜きでもな」

「何といわれます⁉」

「そう、亀茲楽部は今回使ってはならん。そういう約束じゃ」

「そのようなことは承っておりませんが……」

于休烈は早くも逃げ腰だった。

「そう。だから今わしがそれをいいに来た」

「そんな無茶な！」

マーラー氏は無言だった。

「よいか、わしの話をよく聞け」

と黄幡綽が鼻の穴をほじくりながらいった。

「つい最近の話だが、今度の競楽を前にして、どちらが勝つか皇帝と楊宰相が賭けをされたのじゃ。皇帝はもちろん左班の内人側の勝ちに賭け、楊宰相は成りゆき上、右班の太常寺側の勝ちに賭けた。半ば戯れなのだが、賭の行方が戯れでは済まされぬ内容でのう……」

黄幡綽は憂えるように一瞬眉根を寄せたが、眼の瞳は逆に興奮を抑えかねてくるくる動いていた。

「皇帝が賭けに勝った場合、楊宰相は金十万斤を皇帝に差し出す。べらぼうな大金だが、まあ宰相にとってはたいしたことでもあるまい。ところが楊宰相が勝った場合はどうなると思う？」

考える間も与えず天井を向いて言葉を接ぐ。

「皇太子に譲位するというのだ！　もっともこれには河西《かせい》、隴右《ろうゆう》、剣南《けんなん》の三つの節度使を宰相が兼務するというオマケ付きじゃがのう。もしそうなると、えらいことになる。皇帝はまさか贔屓の左班が負けるとは思ってもいない。しかし、念のために必勝を期してひとつの条件をお付けになった。最後の坐部伎《ざぶぎ》の時、亀茲楽を使用しないというのがそれだ。太常寺十楽の筆頭たる亀茲楽さえなければ、内人側に敵するものはないと考えられたのじゃ」

坐伎部の競い合いは、もっぱら楽舞の闘いになる。ここでは亀茲楽はほとんど無敵だった。それまでの形勢が不利でも太常寺がたに亀茲楽がある限り劣勢を挽回できるのだ。

于休烈が、うーと唸った。

「だがこれは考えようによっては面白いことになるかもしれん。もし皇帝が万が一譲位するはめにでもなったら、その一役を担ったとして皇太子からは莫大な恩賞が舞い込む。それに実際のところ、誰がみても皇帝は老いられた。もはやかつての統治能力はない。この大帝国のためにも譲位がいいのではないかと思うのじゃ。戯れの賭けから始まったこととはいえ、それこそ千歳一遇の機会かもしれん」

「ですが、一国の趨勢がそんな戯れの賭けで決るなどということが――」

と于休烈がいった。しかし黄幡綽のニラミで押し黙った。

「誰もよもや、と考えているところが落し穴なのじゃ。この機会を逃せば、この国はあの安禄山に蹂躙《じゅうりん》されるがままになってしまうかもしれない……」

マーラー氏は黄幡綽のいった意味を考えていた。マーラー氏とて今度の競楽に相当な意気込みで臨んでいた。皇帝の贔屓がたとえ相手側にあろうとも、勝負の行方はともかくとして、これまで以上の楽を披露する自信はあった。亀茲楽部を抜くという条件はきつかったが、そもそも今回は初めから、太常寺諸楽中もっとも閑雅な曲調を得意とする西涼楽《せいりょうがく》を中心にした楽舞をひそかに考案していた。王維の告別の詩は、起伏の多い亀茲楽よりも音のうねりの大きい西涼楽にふさわしい。新しい趣向というのはそれである。だから、さほどのダメージにはならない。

しかし、もし競楽に勝ったとすれば黄幡綽の企《たくら》みに乗ることになる。黄幡綽が楊国忠とつるんでいることは間違いない。皇帝逐い堕しの一翼を担う結果となる。マーラー氏はそんなことはごめんだった。政治的駆引きなどというのは――。だが、競楽で手を抜くのは尚さらまっぴらだ。柳氏の助言に逆らってまでここに留まった意味がなくなる。どちらにころんでも、芳《かんば》しい展開にはなりそうもない。それに、黄幡綽の話に罠が仕掛けられていないとも限らなかった。

「もし、それで勝てなかったとしたら？」

マーラー氏が黄幡綽に訊く。

「だから先ほどからいっているではないか。必ず勝てと」

負けたとしたら、もしかすると命が危ういということだ。あるいは政争の具に利用されて冤罪《えんざい》を着せられるはめになるかもしれない。

——これが柳さんのいっていた陰謀か……

于休烈も事情が飲み込めてきたとみえて、青冷めた額に脂汗をにじませている。マーラー氏はのっぴきならない立場に追い込まれていた。

その夜、麗花の父が逐電《ちくでん》した。麗花も行方不明だった。

＊

第二〇章　ナターリエ・バウアー＝レヒナー

（ライムント警部の捜査日記より）

一〇月二九日
非番。

一〇月三〇日

ペーター・アルテンベルクのいう噂はたわごとと思われるが、一応聞込みを開始。ペーターについては失踪事件関与の疑いも濃厚だが、これ以上拘留を続けるのは無理である。別段逃亡のおそれもなさそうなので、とりあえず解放。ホフマンスタールの動静についてはアテネの領事館に照会中。

一〇月三一日

聞込みの結果、意外なことにアルテンベルク以外にも幽霊店舗の噂を語る者が幾人かいることが判明。場所はまだ特定できないが、マーラー氏のポケットチーフ発見場所からあまり隔たらないもよう。有力な情報と思われる。引続き調査を指示。

マーラー氏の知友と名乗る婦人が本官を訪問。参考人のほうから訪ねてきたのはこれが初めてである。

＊

《ウィーン市区ライムント警部の事情聴取速記録一八——

〈参考人〉ナターリエ・バウアー＝レヒナー

〈失踪者との関係〉ウィーン音楽院時代以来の知人。アルマ夫人との婚姻後は親密な交際を控えているが、失踪者の親友のひとり。

〈聴取場所〉カフェ・インペリアル

〈聴取〉

「……あつかましく押しかけてごめんなさい、警部さん。でもユスティーネからあの人の失踪を聞いていたので、どうなっているのか心配で様子をうかがいに来たんです。アルマ夫人に聞けばいいんでしょうけど、何となく聞きづらくて……わかるでしょう警部さん、痛くもない腹を探られるような感じになる気がして。

……そうですか、ユスティがあたくしのことをいってましたか。……え、そんなことはありませんよ。マーラー氏と結婚していたかもしれないなんて。だってあたくし出戻りでしたから。……ああ、離婚したんです、アレクザンダー・バウアーと。一九八五年でしたわ。周りから猛反対をくらいましたけど。……音楽院の時から知り合っていたといっても、そんなに親しいわけではなかったわ。……そうねえ、ブダペストのオペラ監督の時だから九〇年頃からです、割に親しくマーラー家と行き来するようになったのは。……もし、結婚歴がなかったらですって？　そんなことわかりませんわ。だって過去は二度と取り戻せないんですから。それに、あの頃マーラー氏はまだウェーバー夫人との破局の痛手から完全には立ち直っていなかったんです。出戻りのあたくしがそんな不遜なことを考える余地なんてありませんでした……

マーラー氏とあたくしとは理想的な友人関係だったと思います。といっても、あたくしがそう考えているだけなのかもしれませんけど。マーラー氏が何と思っていたかは別として、あたくしにとっては生涯最高の友人のひとりですわ。友人というよりも彼の崇拝者といったほうがいいでしょう。恋愛などというものは、マーラー氏との魂の交感から受ける感動に較べれば、ずっと次元の低いもののように思っていました。それが間違いだと気付いたのはずっと後、アルマとの婚約を知ったときでしたが……。とにかく、その当時は微塵もそんなこと思ってませんでしたから、ユスティともなかよくやっていけたのでしょう。

毎年夏の休暇はとくに楽しかったわ。マーラー氏とユスティと三人で作曲小屋に出かけるんです。すばらしい自然に囲まれた湖畔で過ごす一夏は、それこそ天国みたいでした。何しろ天才の創造の現場に居合わせるのですから。マーラー氏はとっても騒音に敏感で、ちょっとでも静寂の破壊者がいると我慢ができないんです。シュタインバッハだったかしら、ユスティとあたくしはそれでだいぶ苦労しましたわ。辻音楽師が来ればお金をやって通り過ぎてもらったし、鶏や鵝鳥はどうしても鳴くのを止めないので買い取って食べてしまわざるをえなかったし、鳥の捕獲作戦も実行しましたし……。困り果てたのは避暑地のレストランでのドンチャン騒ぎでした。近くの農民達なんですが、いくらビールや心づけをやっても黙らないんです。それでしかたなく、じつは頭がまともでない人がいっしょにいて、これ以上ドンチャン騒ぎを続けられると彼が何をし始めるかわからない、あなたがたの命の保証はしかねるとまでいって、ようやくその場が収まったなんていうこともありました。それこそ並大抵の苦労じゃあなかったわ。でもそんなことも、いまではあたくしにとってかけがえのない思い出なんです。

……あら、つい喋りこんでしまって、……あたくしのことなんてどうでもいいんです。それより警部さん、いったいどうなっているんですか。マーラー氏は本当に失踪したんですか。……そうなんですか。オペラを辞める辞めるって息巻いてましたから、もしそうなるんだったらそうなるで、すんなり事が運べばいいと思っていたんです。そしたら案の定……あの人、失礼、マーラー氏は就任して一年もしないうちからそれはいってました。オペラ劇場の音楽監督はもううんざりだって、なんども。……でもそういってはいっても、あの性格ですからまだやらなければならない時は全力投入でしょう。疲労しますわ。あたくしなんか、代われるものならいつでも代わってさしあげたかった。でも、あれはマーラー氏にしかできない仕事だったのです。マーラー氏が伝統やら因習やらにあぐらをかいている歌手とか楽団員の質の向上のため、大鉈をふるって改革したおかげで、素晴らしい舞台をみることができるようになったんじゃあありません？　劇場に遅れて入ってくる客がいなくなったのも、八百長の喝采屋と歌手とのなれ合い契約がなくなったのも、楽員の質の悪い非常勤代役が消えたのも、ワーグナーの省略演奏がなくなったのも、皆そうです。国庫の扶助なしで劇場の採算がとれるようになったのもマーラー氏の時からなんです。

その頃のモーツァルトの『魔笛』の舞台なんか、ほんとに目と耳を洗われるようなすばらしいものでしたわ。よけいなほこりや夾雑物が払われて、室内楽のように透明な音響、それでいてユーモアもたっぷりだし、……「夜の女王」はミルデンブルクだったらもっとよかったけど、でも口うるさい古参のモーツァルト・ファンもその上演には絶賛していたんです。あの頃は劇場にかかるものすべてがマーラー氏によって新しい生命を吹き込まれていたんです、もちろん本来の生命という意味ですけれど。ウィーンのオペラはあの人によって生き返ったんですわ。その恩恵を皆が蒙ったのに……なのに、今はみんな忘れてしまったんです。

……そりゃあ、あの人は頑固だし、ころころと気が変わるたちですから、いっしょにやっていくのは大変でしょう。でもあの人には、そんな癖を些細なものにしてしまう才能があります。まさしく天才だけがもっている大きさがあります。それをみんなどうして理解しないのでしょう。オペラを辞めたくなる気持ちもあたくしにはわかります。あの人は孤独なんです。高いところに上がれば上がるほど寂寥感に襲われていたんです。いってましたわ、理解されようなどという希望は間違った空虚なものだから、もうこの世の中で何かしようなどと考えないのが一番だって……

気の毒に、あの人には神の恩寵が信じられないんですの。……ああ、キリスト教への改宗のことですか？　いいえ、いろいろ騒がれますけど、あんなのは実質的にはたいしたことじゃないんです。あの人にとって神への不信はもっと素朴で、しかも根深いんです。六歳の時だっていってましたけど、最初に作曲したのがポルカなんですって。そのとき仕上がったら母からごほうびをもらえる約束だったんです。ただし、紙をインクで汚さなかったらという条件付きだったんです。きっと母親はそういった条件を付けることで書くことの大切さを教育しようと思っていたんですわ。ところが、その子供は汚さないように安全ペンまで用意したにもかかわらず、最初の音符を書いたときにはもうすでにおおきなインクのしみを付けてしまっていたのです。このときにあの人は神への信仰に対して重大なショックを受けたんだそうです。それ以来、あの人は永遠にさまよえるユダヤ人――キリストの呪いによって神の恩寵からはずされ地上をさまようべく運命づけられたユダヤ人という観念がとりついたんですわ。改宗は、そのキリストとの和解のはずだったんですけど、幼い心に刻まれた傷までは消し去ることができなかったみたいですわ。だって、その永遠のユダヤ人は、風で膨れ上がったマントを翻し、右手に十字架の端のある旅の杖を持ち、巨大な両肩をそびえさせた姿で、あの人の前にときどき現われるんですって。あの人はすぐにそれが死神だってわかるんです。

……死について考えていなかったかですって？　そうねえ……あの人には死の想念はとても親

しいもののように思えますわ。だって、いま申し上げたポルカって、その導入部が葬送行進曲で始まっていたんですってよ。人生最初の創作が、しかも子供の創作が葬送行進曲だなんて考えられます？　まったく何て人なんでしょう。もっともあの人に限らず、ウィーンの芸術家は皆そんなものなのかもしれませんけど。……でもあの人が自ら命を絶つということはまずないでしょう。死はとても身近なものだったけど、運命とともに死がやってくる場合は安心して身を任せたかもしれないけど、自分から求めてゆくものではなかったと思います。

ただ、妙な幻覚を見ることはあったようです。……ええ、あの人は自分の分身、ドッペルゲンガーというのかしら、そういうものをときどき見るんですって。ずいぶん若いとき、たしか『嘆きの歌』だったと思いますが、その作曲中、自分はすでに部屋の中にいるのに、自分の分身も壁から侵入しなければならないという想念に襲われて、かなりの苦痛を味わった話とか、七、八年前ユスティとあたくしと三人でザッテル山に登ったとき、突然三人がいま歩いている道から空中に歩き出す幻覚を見て震え上がった話とか……そのときなんか、あの人顔面蒼白であんまり取り乱しているものだから、なだめるのに苦労しました。いそいで下山したほどでしたの。

あの人にはもうひとりの自分がいるんです。もうひとりの自分は、毎日の仕事にはかかわりなく、もっと高尚な生を生きているんですって。創作のことなんか全然考える暇がなかったのに、うまくいかなくて中断していた楽想の続きが突然解決したりするのは、神の恵みなんかじゃなくて、もうひとりの自分がそれに取り組んでいたせいなんだそうです。たいていの人はもうひとりの自分を発見したこともないし、日々の営みに身を任せきってそうした自分を抹殺してしまうんだ、といってました。そんなことって理解できますか、警部さん？　まるでホフマンスタールの小説みたいですわ。……え？　そのホフマンスタールさんが問題なんですって……」》

一一月一日

ナターリエ・バウアー＝レヒナーは帰り際に自著『小論集』の草稿なるものを置いていく。社会主義思想と女性解放について書いたもので、拾い読みをした限りでは非現実的で読むに耐えない。女性選挙権などがどうして社会全体にとって不可欠なのだろうか。

アテネ領事館より届いた電報によると、ホフマンスタールはすでにギリシアを出発して帰途についてるはずとのこと。ここは待つしかあるまい。

第二一章　競楽

東風が吹く、晴天の一日。

長安城の西側に位置する興慶宮《こうけいぐう》内の勤政務本楼《きんせいむほんろう》に、皇帝が臨御し、競楽熱戯が始められた。この日参集した人々は五千人をくだらなかった。

拝礼の鯨波がおさまると巨大な銅鑼《どら》を合図に東西ふた手に群衆が分かれた。皇帝からみて右班の西側には太常寺所属の太楽署の舞人・楽士達が控えていた。その数約一千二百。これでも太楽署署人すべての十分の一に満たない。選りすぐったものだけが、参加を許されていた。いっぽう左班の東側には、宜春院《ぎしゅんいん》の内人《ないじん》、梨園《りえん》の弟子《ていし》、教坊の妓女・女楽士達が居並ぶ。その数約一千。宜春院の内人は、教房の妓女達からさらに抜擢されたエリート達で、その目印に魚形の佩玉を帯びていていた。右班と左班のまわりを、参列を許された宮廷人がぐるりと取り囲んだ。

本来、正式の音楽所である太楽署は、左右のうち上位に当たる左方、皇帝の私的音楽所である宜春院・梨園・三教坊は下位の右方に位置すべきであったが、いつの頃からか皇帝が入れ替えてしまっていた。公私混同である。それにしても、異民族の勇壮な男達が半分以上を占める右班に較べ、漢人の妓女達からなる左班は紅を散らしたようにはなやかだった。

太常寺と宜春院の長官が皇帝の前に進むと、それぞれ前日に提出した演目リストが皇帝から返還された。皇帝によって墨点で許可の印を付けられた演目だけが当日披露されるのである。その儀式がすむと、本日の歌舞の順番が大声で告げられた。通常は、楼内の堂上で行われる坐部伎《ざぶぎ》が最初だったが、今日は最後にまわされた。

一、立部伎《りつぶぎ》（堂下で立って行われる歌舞）
二、蹀馬《ちょうば》（馬の舞）
三、散楽《さんがく》（百戯）
四、坐部伎（堂上の歌舞）

という式次第になっていた。この変更は楊貴妃がとくに坐部伎を好んだせいだろう。広い庭の前のほうには、坐部伎用の華麗な特設舞台が設けてある。

「はーじーめーっ！」

甲高い掛け声を合図に内人による立部伎の一番舞「字舞《じまい》」が開始された。青・赤・白・黒紫・黄の五色の衣を着た百五十人ほどの妓女が左班から出現した。三十人ずつのグループになって十字形の五方に分かれると、皇帝が改作した『聖寿楽《せいじゅがく》』にあわせ、舞いながら人文字《ひともじ》を作り出す。

聖《せい》　道《どう》　皇《こう》　宝《ほう》
超《ちょう》　泰《たい》　帝《てい》　祚《そ》

千《せん》百《ひゃく》万《ばん》弥《び》
古《こ》王《おう》歳《さい》昌《しょう》

十六の人文字を次々に描き出してゆくに従い、観衆から歓声が沸き上がる。一度目の演奏では色だけの舞衣と見えていたのが、二度目になると単衣のからくり上着を引き脱いだので、覆われていた花の刺繡が鮮やかに浮かび上がった。やんやの喝采となる。舞が後半になると、人数が次第に減少するとともに特に選りすぐった舞手だけになり、舞の動きも早く色の衣も複雑に入り組んで変幻の妙を繰り広げた。皇帝をことほぐ楽舞の口火を切るにはふさわしい舞だった。

対する右班は、太宗皇帝作の『破陣楽《はじんがく》』で対抗した。二十基の巨大な雷太鼓が百里四方を揺るがせんばかりに轟くなか、銀の飾り甲冑に身を包み、戟《げき》を手にした百二十人の舞手が雄々しい闘いの所作を繰り広げる。壮麗な楽舞に天地がどよむ。

一番舞は硬軟対照的な出し物であった。『聖寿楽』『破陣楽』ともに亀茲楽であったが、楽はやはり教坊の女楽士による左班よりも、太楽署がつとめる右班のほうが優れていた。しかし舞は左班が右班を圧倒していた。競演が終わると、あらかじめ文武百官から選ばれて堂上に控えていた七人の判者が、それぞれ自分の駒に当たる宮女を、勝ったと判断したほうに送り出す。宮女は堂上の左右に組み上げられた櫓《やぐら》に登って、見物人からも見えるように立つのである。左の櫓には四人、右の櫓には三人の宮女が立った。左班からいっせいに勝ちどきの喊声があがった。まずは左班の一勝である。左櫓に勝ちを示す旒《りゅう》（吹き流し）が懸けられると、宮女達は再び持ち場に戻った。

二番舞三番舞と進み、左班の二勝、右班の一勝で立部伎《りつぶぎ》が終わる頃、太楽署の控えの幄舎に戻ったマーラー氏は後ろから突然声をかけられた。

「旦那様！」

振り返ると麗花だった。

「おまえは……⁉」

「ごめんなさい旦那様、お父さんが勝手なことばかりしでかして」

「しかし、どうしてここへ……」

長安を離れたとばかり思っていた麗花が現われて、マーラー氏は驚いた。

「父といっしょにここを逃れたのではなかったのか？」

「はい、一度は……」

いつものはつらつとした口調ではない。

「お父さんが悪いんです、わたしが止めるのも聞かないで出ていったからなんです」

麗花は涙ぐんでいた。

「もう長安はどうなるかわかない、こんなところにはいられない、故国《くに》へ帰るんだといって、無理やりわたしを連れて旦那様の館を出ました。一晩中闇に紛れて西の城門に向いました。ところが延康坊《えんこうぼう》の西明寺《さいみようじ》辺りで野盗に出くわしてしまったんです。お父さんといっしょに逃げたつもりだったのですが、どこかで行きはぐれてしまいました。わたしはどうしようもなくなり、一時は西明寺に身を寄せながらお父さんの行方を探ったのですが、とうとうわからずじまいでした。それで、こうして戻ってきたのです」

麗花の衣服はあちこちほこりが付き、顔色も冴えなかった。逃避行の怖さがまだ体を震わせている。

「おまえがいなくなった時は心配したんだ。だがとりあえず命に別状がなくて、よかったよかった」

とマーラー氏がいって抱いてやると、緊張の糸が切れた麗花がわっと泣きだした。

「お父さんのことは後で探す手だてを考えよう。いまはここで体を休めていなさい」

といいながら、傍の者に温めた羊の乳をもってくるように指図した。麗花はそれを飲むと気分が落ち着いたようで、連日の疲れのためだろう、絨毯《じゆうたん》の上で眠り込んでしまった。

演目はすでに第二部の蝶馬《ちようば》に移り、それも中頃を過ぎていた。右班からは三十頭ほどの駿馬が銀鞍にまたがった騎手を乗せて登場し、太鼓の連打に従って馬の舞を演じ始めた。木で三層に組んだ足場を、騎馬のまま順に渡って前足立ちをするところでは観衆を大いに沸かせている。

蹀馬に出番のないマーラー氏はゆっくり場内を見物できた。勤政務本楼の高所には皇帝の玉座が設けられ、二つの天蓋が掛かっている。ひとつは皇帝、もうひとつは楊貴妃のものらしい。その両側にこの日参集した文武百官が控えている。ひょろっと細長い太常寺少卿于休烈の姿もその中にあった。酒杯や酒肴を給仕する宮女達がひっきりなしにその間をめぐっていたが、それに混じって黄幡綽の姿を認めたときには、ちょっと驚いた。そこで見たのは、マーラー氏を訪れた時の不機嫌で傍若無人な態度とはうってかわり、しきりに皇帝のご機嫌をとる俳優の姿であった。手振り身振りを交えて皇帝に直接何かを訴え、天を仰いで嘆息したかと思うと、急に体を逆に折り曲げ太鼓腹をかかえて笑いころげていた。皇帝や貴妃もそれにつられて笑いを噛みしめることができないようすだ。たいした道化役者である。だが、おおげさな立居振舞いの合間にときどきマーラー氏がいる幄舎のほうを窺うような目付をする。そういう時には道化の仮面は剝され、落ち着かないようすで鼻の穴をほじくっていた。

マーラー氏は黄幡綽の依頼に対し、どうすべきか未だに迷っていた。もし、最後の坐部伎になる前に左右の勝負が決していれば、どちらにしても諦めようがあるし、負けたときの黄幡綽からの非難もかわすことができるはずだった。しかしそううまく事が運んでくれるだろうか。

「旦那様……」

麗花がいつの間にか起き上がっている。

「来る途中で気が付いたことなんですけど――」

「何だね?」

「やっぱり危ないみたいなんです」

「え? 何がだね」

「長安がです」

「……」

「何か、城外のようすが変なんです」

「それは知っている」

「だったらいいんですが……」

マーラー氏は喉の奥からかすれた声を出した。

「そんなに……急な情勢なのか」

「たぶん――」

ごくりとマーラー氏は唾を呑込む。右班の一糸乱れぬ馬の舞を眺めながら、マーラー氏は麗花に噛んで含めるようにいった。

「おまえはやはりここから逃げなさい。柳さんの屋敷には二、三人、もとの使用人が残っている。

そこを頼っていきなさい。お父さんはわたしが何とか見つけ出しておくから」

「いや！」

麗花は激しく拒んだ。マーラー氏はびっくりして麗花の顔を見つめた。幼いとばかり思っていた童顔の奥から、一人前の女の顔が浮かび上がる。麗花ももう十五である。甘い香りが麗花の体からほんのり匂ってきた。

「そうか……好きにしなさい。だがわたしの側を離れないようにな」

こくん、と麗花はうなずいた。そのとき、

「あらっ、麗少少ちゃんじゃない」

あだっぽい声が幄舎に飛び込んできた。麴夢蘭だった。坐部伎の歌い手は結局、夢蘭に頼んだのである。

「あ、ああ、きてくれたか」

と、マーラー氏がすこしどぎまぎしながら出迎える。夢蘭に頼んだのはよかったが、王維達と飲んだ夜以来、夢蘭の目の光がマーラー氏には次第にまぶしくまとわりつくように思えた。

夢蘭が逃れようとするマーラー氏の視線をからめ取るように、薄目でまばたきをする。その瞳と出会った時、マーラー氏はどきっとした。黔《くろ》くギラリと光ったような気がしたのである。マーラー氏には一瞬それが底なしの闇の裂け目にみえた。

「もう麗少少ではありません、麗花ですッ！」

麗花の声で我にかえると、暗い光は嘘のように消えていた。麗花はつんと横を向いてしまっている。幼名で呼ばれたことがしゃくに触ったらしい。

「あら、ごめんなさい」

夢蘭は声を立てずに笑った。さっきのは何だったのか……。マーラー氏は冷や汗を隠そうと額に手をかざした。

競楽は散楽の部に入っていた。両班とも俄然熱気を帯びてくる。ここで観衆をうならせることができないと、後の部での挽回は期待できないからであった。いままでは左班先行だったが、ここから右班が先になる。上半身裸の屈強な男が三人、抜き身の剣を持って登場した。ひとりひとり目にも止まらぬ早さで数本の剣を宙に踊らせる。そのあと、ついと剣を収め、男達は彼らの見えざる神に礼拝して心気を集中させた。会場が静まる。すると三人とも抜き身の剣を両手にもって高くかかげ、自分の顔の方向に切っ先を返す。それを一気に呑込んだ。おーっ、と押し殺したため息が会場から漏れる。三人が柄まで剣を口に入れて天を向いたたまぐるっと回転すると、観衆の間に嘆声が広がった。

左班は細腰の美女二人を送りだした。大きな金色の車輪を伴っている。軽い身のこなしでその頂に登ると、両足で車輪を回しながら、一対の蝶のように舞い始めた。一枚一枚と着物を脱いでさなぎから成虫になってゆく。紗《しや》の薄物ばかりになって白い裸身が透けて見えそうになったとき、背に仕掛けておいた羅の羽根が自然に広がり、蝶は優雅な姿態を完全に現わした。金の車輪は二匹の蝶を乗せて皇帝の前で交差し、ゆっくりと左手の出口に消えた。観衆は喝采するのも忘れ、その夢幻劇に酔った。

右班の「舞剣呑刀《ぶけんどんとう》」と左班の「金輪胡蝶《きんりんこちよう》」は左班の勝ちだった。

右班は続けて、綱渡りとお手玉を組み合わせた縄伎《じようぎ》のあと、地面にまいた種があれよあれよという間に成長して花を咲かせる幻戯「種瓜抜井《しゆかばつじよう》」で拍手をさらう。対する左班は、魚龍の扮装から神獣へと二十種の早身変わりをみせる「魚龍辟邪《ぎよりゆうへきじや》」、自らの手足を切断し内腑をえぐり出す天竺わたりの「剝身伎《はくしんぎ》」を繰り出したが、観衆の反応はよくなかった。

トリは、左右両班同時に行う竿木《かんぼく》だ。巨漢の頭上に腕木のある高い竿を立て、そこに人が登って軽業を競い合うのである。地方《じかた》は拍板《はくばん》と腰鼓《ようこ》を連打し始め、会場は一層にぎやかになる。右班は左班のより高い竿を用意し、登り手が竿の腕木の上で剣をお手玉のように飛ばす技を披露した。左班はしかし、切り札を用意していた。教坊に筋斗《とんぼ》の達人がいたのだ。竿に登るときは女装していたため他の軽業妓女と区別が付かなかった。ところが竿の頂上に至って逆立ちし、手も離して頭だけで支えるとそのまま衣服をはぎ取って男装に戻る。するすると腕木に移動したのち、そのうえで筋斗をたてつづけに切ると、観衆は大喜びだった。左班は鳴りものを鳴らして喝采し続けた。

散楽が終わって勝ち負けを示す櫓の旒《りゅう》をみると、左九右九の同数だった。坐部伎に入る前に勝敗の行方が決っていればというマーラー氏の期待ははずれた。

「た、たいへんなことになったな、互角だぞ！」

于休烈があたふたとマーラー氏の幄舎に入り込んで叫んだ。

マーラー氏は運命を呪った。

第二二章　ホフマンスタール

（ライムント警部の捜査日記より）

＊

一一月二日
非番。ホフマンスタールの帰国間近。時間があったので、かれの文章をいくつか読む。現実と非現実が溶解したような厭世的思想が漂う。本官にはこうした病的精神は理解できない。

一一月三日
ついにホフマンスタール、ウィーンに戻る。

＊

《ウィーン市区ライムント警部の事情聴取速記録一九――

〈参考人〉フーゴー・フォン・ホフマンスタール

〈失踪者との関係〉マーラー氏失踪の前夜、酒場『青い駱駝』にてクルツィツァノヴスキィ、ペーター・アルテンベルクとともに失踪者と口論。失踪前最後の目撃者のひとり。

〈聴取場所〉ウィーン郊外、ローダウン所在の自宅

〈聴取〉

「……僕をだいぶお探しだったそうで……ええ、そうですすギリシアにいってたものですから。……はあ、きのうペーターさんから聞きました。意外なことで僕も驚きました。まだ足跡は掴めない

んでしょうか？　……いや、のんきに構えているわけじゃありません。よく人にいわれるんですが、僕には感情が外に出るのを押し殺してしまう性癖があるらしいんです。だからいろいろ損をすることもあるんです。いまもずいぶんこれで動揺しているんですが、そうは見えませんかねえ……それより警部さん、何か落ち着かないですよ。まるでアラビアンナイトの魔神《ジンニー》にとりつかれているみたい。すこし落ち着いてください。熱があるようでしたら医者を呼びましょうか。

……ギリシアですか、ちょっと気になることがあったものですから。それに執筆の取材も兼ねていましたので。……はあ、事件後急に、とおっしゃられても、僕はそんな事件があったとはぜんぜん思いもしなかったわけですからね。……費用ですか、もちろん自前ですよ。ご承知のように幸い僕はお金に困っているわけではありませんので……パルナッソス山の麓からカイロネイアへ、デルフォイの野からテーバイへと、オイディプスの道を下ったんです。それからボイオティアとアッティカを過ぎてアテナイへと入りました。ええ、それはもちろん素晴らしい旅でしたよ。

エレウシス街道では素晴らしいものと出会いました。何だと思いますか、警部さん？　プラトンですよ、あの！　……西日を受けて王者のごとく歩み来たり、流れるように歩み去ったのです。アテナイの町に一瞥をくわえただけで、自分の町にもはや何の関心もないとばかりに。僕にははっきりわかったのです、その人物がプラトンであると。いそいで跡を追ったのですが、すぐ見失ってしまいました。ええ、ええ、たぶん幻でしょう。しかし僕にとっては真実なのです。あのときの感動ったら！　何と形容していいかわかりません。いにしえの預言者達が受けた啓示の瞬間というのが理解できたように思いました……

マーラー氏との口論？　……ああ、マーラー氏ね。あの晩のことですか、憶えてますよ、『青い駱駝』でしょう。口論というか議論をしたことは確かです。……僕が引き入れた？　誰がそんなことをいいました……ああ、ペーターさんか。そのペーターさんですよ、隅っこのほうでおとなしそうに飲んでいたマーラー氏をわれわれのテーブルに呼んだのは。ペーターさん、もうだいぶ良い機嫌になってましたからね。……ええ、僕は面識がありましたけど、いっしょに飲むほどのものではなかったんです。だって、こちらは若造でしょ。マーラー氏はれっきとしたウィーンの名士。格が違いすぎますよ。僕が誘うなんてとんでもない！　……そう、ちょっとエキサイトしたことは事実です。あの晩のマーラー氏はとても気まぐれで、しょっちゅう話題が変わったのです。文学の話をしていたかと思うと、急に娘さんのことをひとりごとのようにぶつぶつ呟いたり、また突然音楽の話になったりで……リヒャルト・シュトラウスさんからマーラー氏の気まぐれかげんを聞いてはいたのですが、あれほどとは知りませんでした。……オペラ劇場を辞任した日？ああ、そうだったんですか。じゃあ、僕ら少しいいすぎたかなあ……

僕は断然マーラー氏を支持していたんです。同じユダヤ人として誇りに思っていたんですよ。ここんところ反ユダヤの風潮は眼に余るものがありますからね。学者も政治家も医者もみんな、ほんとにやるべきことを見失ってぬくぬくと日々の暮しのことだけを考えている。この国はほんとうはもうとっくに生命を絶たれているかもしれないというのにです。皇帝から市民に至るまで温和なニヒリズムですよ。ユダヤ排斥なんかでごまかされていたんじゃ、しょうがないんですけどねえ。僕の友人でウィーン工科大学に通っているヘルマン・ブロッホというのがいましてね、彼が《陽気な黙示録》だっていうんですよ、いまのご時世を。うまいことをいうやつだと思いませんか?……

『青い駱駝』を出てからですか、僕はクルツィツァノヴスキィさんと帰りました。ペーターさんはいつの間にか、いなくなりましたから。……マーラー氏の跡を追った、ああそうだったんですか。で、そのあとどうなりました? 見失った、北西の方角……ふーん。じゃあ、例のあたりか……幽霊店舗? やはり噂を聞かれましたか。……ペーターさんが僕に訊けと? はあ、あれはほんとなんです。実は僕も見たことがあるんです。場所はボークナー通りを入ってアム・ホーフ教会に折れる小路の角あたりです。日中でも薄暗い狭い空き地ですが、幽霊店舗が出現する晩はその周辺が漆黒の闇と化すんです……信じられないのも無理ありません。が、ほんとです。いやいや、入ったことはありません。外側だけです。……入ったという人物に直接会ったことはありませんが、噂はけっこう聞きました。不思議なことに入って戻ってきた人々は、その後みな行方をくらましてしまうので、本人に確かめることができないんですよ。

かなり分厚い木戸に『風の館』という表札が懸かるんです。ずいぶんと古そうですよ、その表札。霊気を発散しているので、あまり近寄らなかったですがね。中に何があるかという点については、証言者がまちまちのことをいったらしく、ぜんぜんわかりません。ガラスや壷なんかの骨董品が並んでいるという話から、古い文書や本だという話、挙げ句の果ては死体のコレクションという話まで、とりとめがないんです。しかし、もっととりとめがないのは、店の主人と下僕が何と旧約時代から生きている連中だという噂のほうでしょう。主人はモーゼの兄弟アロン、下僕はヨーゼフというらしい、どこのヨーゼフかはわかりませんが。僕は笑ってしまいました。そんなことはあるはずがないと。ばかばかしいにもほどがあります。

……ところが今回のギリシア旅行のあと、僕は考えが変わりました。あのプラトンの幻影に出会ったことがショックだったんです。古代の偉大な魂が不滅であって何の不都合があるんでしょう。ふだん僕らを取り巻く現実と、虚構と思っている非現実との境界なんて実のところあやふやなもんです。インドの哲人がいうように、現実と思っているものこそ幻想であって、ほんとうの世界を簡単には見させないように神が被せたベールなのかもしれない。

路傍に置き去りにされた馬鍬、日陰に寝そべる痩せた犬、畑の草の葉先に溜った露――ふだんなら眼に触れることも、気に止まることもないこうしたありふれたものが、ある瞬間に突如として崇高なしるしを帯び、創造の神秘を開示するんです！　そんなことに出会った経験がありませんか？　その一瞬こそ、恩寵によってベールが持ち上げられ、ほんとうの世界の姿がかいまみられる瞬間なのです。その世界では、偉大なる魂は不滅なるままに存在し活動を続けているのかもしれない。きっとあの幽霊店舗は、その二つの世界にまたがった架橋なんです。……そうだとすると、これまた黙示録の時代の現象なのかもしれません……

何ですって？　土星が現われる夜に関係？　誰がそんなことを……ああ、ペーターさんか。すぐ早とちりするんだから。違います。あれは新月とともに出現し、三日月の頃消滅するんです。土星とは関係がない。……そうだ！　今夜は新月前です。そろそろ店舗が現われる時期だ。まだ間に合うかもしれない。……僕ですか？　いや帰ってきたばかりで疲れてますので、残念ですがごいっしょできません。ただ、くれぐれも用心してください。相手は神の時代の連中なんですから。軽率に踏み込むのはやめたほうがいい……」》

第二三章　怒濤

太陽が次第に傾きはじめた。

早朝から開始された競楽も大詰めを迎え、最後の坐部伎を残すのみとなった。左右班互角のせいで、堂上にも堂下にも張りつめた空気が漲っている。坐部伎は大曲を一曲ずつ出し合うのみの一回勝負である。順番は再び左班先行となった。

「左班！『拂林曲《ふつりんきょく》』！」

ここまでの左班の出し物も選りすぐった美妓ぞろいだったが、最後の出し物に登場した内人達の艶麗さに較べれば、磨かれていない原石のようなものだった。内人の舞手の一挙手一投足が空中に光跡を描く。観衆からはまたもやため息が漏れた。

『拂林』は大秦国《ローマ》からの使者が献じた舞曲だった。はじめは変わった旋律の小曲だったが、大秦国の使節が経由した西域諸国の歌舞が途中でふんだんに取り込まれ、大曲となったものだ。

マーラー氏は、どこかなつかしい響きをもつ左班の歌舞を聞きながら、次第に頭の奥が痛み出すのを感じた。権力の帰趨がかかっているプレッシャーだろうか。自分の命が危険に晒されているせいだろうか。それにしても痛みの澱《おり》は底深い。思考が麻痺してゆくのをこらえながら原因を考えたが、わからなかった。世界は膜がかかったようにぼんやりとしか捉えられなかった。夢蘭が心配してすり寄ってくる。しかしマーラー氏はそれを優しくしりぞけた。

左班の大曲は観衆の歓呼の声とともに終わった。会場は不気味などよめきに浸っている。美妓達は楽の成功を何度も観衆に訴えていた。皇帝の高座に向って拝礼すると、皇帝も満足そうに頷いていた。

続いて、

「右班！『大地楽』！」

演目が大声で告げられると、満座の会場が水を打ったように静まった。

マーラー氏はかすれゆく意識に抗いながら壇上に登った。合図とともに楽を始めると、どういうわけかさっきまでの頭痛の波がすっと引けるのを覚えた。世界は再び明晰さを取り戻す。マーラー氏はたちまち黄幡綽のことも政権の移譲の賭けのことも忘れ、楽の音に没入した。マーラー氏にとって、これこそが生命の源であり、魂の故郷であり、自分のすべてだったのだ。

『大地楽』は亀茲楽《きじがく》を中心に、高昌楽、康国楽《こうこくがく》など西域諸楽を用いた六章からなる新曲だった。亀茲楽を使ってはならないという条件が科せられていたため、マーラー氏は全曲披露を諦め、もっとも気に入っている章を選んで演奏することにした。『告別』と題された最終章がそれである。詩は孟浩然と王維。楽は西涼楽《せいりようがく》。弾筝《だんそう》、臥箏《がそう》、臥箜篌《がくご》、竪《たて》箜篌、琵琶、五絃琵琶、笙《しょう》、簫《しょう》、篳篥《ひちりき》、小篳篥《しょうひちりき》、笛、横笛、腰鼓《ようこ》、齊鼓《せいこ》、檐鼓《えんこ》、楽用鐘、磬《けい》、銅拔《どうばつ》、貝それに編鐘《へんしょう》という大編成だった。

編鐘の低音が静かに流れ、小篳篥がものうげな鳥の声をなぞり、法螺貝《ほらがい》が雲のように重ねられると、観衆は聞き慣れない響きにすぐ引き込まれた。四人の舞妓《ぶぎ》が琵琶と筝の導入に合わせて立ち上がり、ゆったりとした『婆羅門《ばらもん》』の舞を舞い始める。やがて笛が主旋律を奏でると、夢蘭が長く声を伸ばして歌い始めた。

〽夕陽　西の嶺をわたり――
群壑《ぐんがく》たちまちにすでに瞑し
松の月は夜の涼しきに生まれ――
風ばむ泉は清き聴《みみ》に満ちる
樵人　帰りて尽きんと欲し――
煙鳥　棲《すみ》か初めて定まる
この人　はやく来たれかしと期し――
孤琴もて蘿《かつら》のみちにまつ

あるときは横笛の伴侶のみの孤独な朗唱、あるときは全楽器を背にしたしなやかな長嘯《ちようしよう》と、自在に変化する夢蘭を、観衆は固唾をのんで見守っている。楽はまさしく大地の魂の調べだった。後半に入って曲調が変わった。歌のない楽と舞のひととき。マーラー氏自身の奏する竪箜篌が西域色ゆたかな響きを加え、舞妓が一瞬胡旋舞《こせんぶ》めいた早い旋回に移ろうとするが、すぐさま動きは抑えられおだやかな胡蝶の舞に変身した。なじみ深い舞の出現に会場から喝采が沸く。

間奏の歌舞が引潮になり、そろそろと夢蘭が立ち上がった。いまや夢蘭はただの歌妓でなかった。亡び去った国の王女の気品と、運命を左右する巫女のような威厳を備え、さらに鬼女のごとき気魂が加わっている。その鬼女が最後の歌を歌いだした。いつか柳氏達と夢蘭邸で宴を繰り広げたとき、王維が朗詠していた送別の詩、マーラー氏がその後何度となく口ずさんでいた詩だった。

〽馬より下りて君に酒を飲ましむ――
君に問う、何の所にかゆくと
君はいう、意を得ず――
帰りて南山のほとりに臥せんと
ひとえに去れ、また問うことなからん――
白雲は尽くる時なし
白雲は尽くる時なし
白雲は……

終句がいくえにも繰り返され、細い旋律の糸を曳いて大空に消えた。勤政楼内は寂《せき》として声もでない。人々は楽の音とともにはるか遠くまで連れ去られ、夢を見させられていた。この世の果ての世界、透明な至福と愛惜が深く静かに支配している神仙の世界の夢だった。

人々は夢から醒めた。最初はとまどいがちに、やがてあたりの反応を確かめると一気に拍手と喚声が起こる。観衆はこれまで出会ったこともない楽に魅せられた。高座では黄幡綽が小踊りしながら喝采していた。観衆の靴音のどよめきも加わって楼内は興奮のるつぼと化した。

誰もが右班の勝利を疑わなかっただろう。しかしそのとき高座のほうで大声を挙げるものがあった。

「亡国の楽じゃ！」

叫んだのは宦官の辺令誠《へんれいせい》だった。すかさず黄幡綽が訊きとがめた。

「何だと！　誰がそんなたわけたことを！」

「陛下！　おそれながら申し上げます。ただいまの曲は宮声《きゅうせい》が行ったままで返ってきません。宮声は君主の音。皇帝陛下が行ったまま帰らないことを暗示する凶々しい妖調にございます。何とぞ詮議のほどを！」

と辺令誠が重ねていう。

「この晴れの場で何を証拠にそんないいがかりを！　詮議が必要なのはそのほうであろう」

黄幡綽が逆に詰問する。しかし辺令誠はひるまなかった。

「証拠はあれなる歌姫でござる」

といって夢蘭を指さした。

「あの歌妓は、かつて御前で陛下からの賜杯に不服を唱えたものにちがいない。わが大唐国によって滅ぼされた高昌国王族の血をひく王女にほかなりません。おめおめと御前に出てくるとはふとどきなやつ。はかりごとかもしれませんぞ！」

「何と！」

「そんな馬鹿な！」

「辺令誠、貴様裏切るのか⁉」

「責任者を捉えよ！」

高座のあたりがざわつき始めた。観衆も何か様子がおかしいと成行きを見守っている。

マーラー氏は焦りを感じた。口の中がからからに乾いてきた。まさか夢蘭の過去が発覚するとは予想していなかった。いそいで夢蘭をかばおうとするが、夢蘭はこの危機を何と思ったのかまったく動じる気配がなく、その目には再び不可解な暗い輝きが差し始めている。またさっきのひどい頭痛がぶり返してきた。マーラー氏はたまらず両手で頭を抱え込んで壇上に沈んだ。

高座ではもっと奇妙なことが起こっていた。楊貴妃の頭上の何もなかった宙空からするすると縄が一本垂れ下がり、黒い胡服の男がその巨躯からは想像しがたい身軽さで降りてきた。貴妃は急いで奥に避難する。着地すると男は眼にも止まらない早さで回転を始め、超人的な胡旋舞を演じた。その黒い竜巻がおさまると見えるや、回転中に男の抜いた刀身が深々と辺令誠の体に突き刺さっていた。

「はーははは！　おまえには世話になった。ご苦労であったな、もう休んでよいぞ」

「安禄山⁉……」

辺令誠の断末魔の叫びが会場を震え上がらせた。宮女達は悲鳴をあげて高座からばらばらに逃げ始め、階段で折り重なるように倒れるものも出てきた。近衛兵が取り囲んでも安禄山は平然としている。

「陛下、お久しゅうございます」

と皇帝を跪拝した。

「あ……、安禄山。朕の命も受けず、何しに禁裏にやってきた」

皇帝の声は震え、額には汗がにじんでいた。

「これはご挨拶な。推参の理由はほれ、そこにございます」

と、安禄山は側にいた楊国忠を指しながら、あやすようにいった。

「まだこれなる奸臣を召しかかえておられるのですか。陛下は騙されておられるのですぞ。わが輩、衷心よりご忠告申し上げます」

「だまらっしゃい！　そちの申すことなどもう信用せん」

「うおーっ！」

安禄山は胸を叩いた。

「これほどまでに陛下のことをご心配申し上げておるのに！」

そのすきをついて楊国忠の合図で近衛兵が安禄山に襲いかかった。だが安禄山はチイッと舌打ちしたかと思うと刀を一旋した。たちまち数人が薙ぎ倒されていた。

「もはや、これまで！　陛下、お体をいたわれますよう」

と叫び、再び縄に登ってするすると空中に消えた。人々はあっけにとられ、安禄山の巨躯が消えた跡に眼線を縛られていた。そのため地響きに気付いたのはしばらく後だった。

「城門が破られたぞ！　賊軍だっ！」

誰かがそう叫ぶやいなや、安禄山軍が怒濤のように勤政楼内に押し寄せてきた。

マーラー氏は、安禄山の出現によって夢蘭への追求が中断したことを喜んでいる暇もなかった。

勤政楼内は土煙に覆われ、逃げ惑う人々が出口を求めてぶつかり合った。仮設の櫓や旗ざし物がつぎつぎに倒れてゆく。右班左班の幄舎はとうに踏みつぶされ、高座の舞台から降りる階段も押し寄せた群衆の重量のため片側はすでに崩壊し始めていた。安禄山軍は黒いなだれだった。女も子供もかまわず無差別に殺戮してゆく。逃げなければ命がない。禁軍は安禄山軍と干戈を交えこそすれ、防御隊形を整える間がなくほとんど機能を果たしていない。悲鳴と叫喚の渦が全楼内を巻き込んだ。

「麗花!……夢蘭!……」

頭痛を堪えながらマーラー氏は夢蘭と麗花を必死で探したが、みつからなかった。悪い予感が頭をかすめる。愛するものとの別れ。永遠の別れ。いつもそうだった、魂の高揚の直後には残酷な運命がいつも待ちかまえていたのだ。

——何ということだ! なぜわたしはこんな目にあわねばならないのか……

古い、古い感情がまた顔を出す。太古の深淵から魂の裂け目を見逃さず吹き上げてくる感情だ。わたしは罰せられている、という原罪の傷跡だ。ひどい頭痛が襲ってきた。

逃げまどう群衆に揉まれているうち、マーラー氏は夢蘭の姿を高座の上に認めた。しかしそれは信じられない光景だった。夢蘭は、どこにそんな力があったのか両手で安禄山の軍旗を振りまわし、殺戮を煽動していたのである。いまや夢蘭は亡国の狂える巫女だった。

——そんな馬鹿な⁉

夢蘭はもはやマーラー氏の手の届かないところに去っていったのだ。

どん、と体当たりされてマーラー氏は地面に叩きつけられた。無我夢中で逃げようと這いずり回った。すると体当たりした男が何か喋った。何をいわれたのか、わからなかった。振り向くとそれはさっき高座に現われた安禄山だった。土埃をぬぐって安禄山の顔を見つめる。マーラー氏に向って喋るたびにその顔がブレた。マーラー氏は気分が悪くなって吐いた。

その時、世界の奥で変化が起きた。マーラー氏はずしんと衝撃を受け、再び地面に臥した。

「わーははは。まだわからんか、このわしが」

マーラー氏は安禄山の言葉が理解できた。それは遠い時のどこかで使い慣れた言葉だった。過去か未来で。

「おまえは?……」

「はははははは。手間がかかったぞ。だがおまえの魂の叩き上げはすんだ。ここはいわば煉獄《れんごく》だ。おれが救いだしにきたんだ」

突然マーラー氏はすべてを思い出した。かつてウィーンにいたこと、宮廷劇場音楽監督を辞任したこと、その夜奇妙な店に入り込み、それ以降のウィーンの記憶がなくなっていることを。骨董屋然としたその店でひとり、いやふたりの人物に会ったのだ。

「おまえは、あの時の……アロン⁉」

「やっと思い出したか。その通りだ」

半信半疑だったが、もう何が起きても不思議ではない気がした。マーラー氏は思考が半分麻痺していた。

「なぜ、ここに?」

「わしはどこにでもいる。煉獄からの救い手としてな」

見上げるような巨体が夕陽を浴びて金色に染まっている。背後の修羅場は濛々たる砂塵のせいだろうか、ぼんやりとしか見えなくなっていった。一瞬、夢蘭の顔がその中から浮かび上がった。それはアルマ、間違いなくわが妻アルマの顔のような気がした。

「ア、アルマ……アルマーっ!」

マーラー氏は叫んだ。すると夢蘭はこちらを向き、マーラー氏を認めて淋しげなまなざしを送ってきたようにみえた。口を開きかけ、何か伝えようとしている。だがその刹那《せつな》、夢蘭の顔は霞んで消えていった。

「もうここには用はない。いくぞ!」

と安禄山《アロン》がいう。

「いかん、アルマを置いてはいけない」

マーラー氏が抗った時、目前にもうひとりの小男が出現した。

「よし! やれやれ間に合った」

赤茶色の髪の小男がいった。

それを見たとたん、安禄山の顔色が赤黔く変わった。小男が叫ぶ。

「まて、グスタフ！　そいつは嘘つきだ」

小男はあの店にいたもうひとりの人物、ヨーゼフだった。

「そいつは神によって罰せられた者、永遠の放浪者、魂を狩る者だ。救い手などではない！」

マーラー氏はアルマの行方のことで頭がいっぱいだった。安禄山の姿が消えたことにも気がつかない。

「グスタフ、君はやつのせいで、すでに二度ここにきているんだ。今度は三度目だ。魂の鍛錬を経てやつの餌食になるためにな。二度ともわたしが阻止した。やつにとっては今回が与えられた最後の機会なんだ」

「ですが……ではなぜわたしは何も覚えていないのか」

「人は時の学《まね》びから鎖《とざ》されている。そのため何度でも同じ過ちをおかす。君はそもそも『風の館』でアロンを怒らせるべきではなかった。アロンにはそこが狙い目なのだから」

「おのれ！　どこまでわしの邪魔をすれば気が済むのか」

背後にふたたび出現した安禄山は、長剣を抜きはなってマーラー氏に襲いかかった。仮面をかなぐり捨てた猛禽だった。しかしヨーゼフの動きのほうが早かった。地鳴りとともに倒れた巨体の胸には、細い短剣が突き刺さっていた。マーラー氏には何がどうなっているのか理解できなかった。

「やつは不死身だ。いましか脱出のチャンスはない」

マーラー氏はヨーゼフが呪文を唱えるのを聞いた。

「あなたはいったい何者……神、なのですか？　なぜわたしのことを……」

ヨーゼフがこちらを向いて言葉を発した。

「§∀≡∂∇∴♯※ヨ！　哈《ハ》哈《ヽ》哈《ヽ》哈《ヽ》哈《ヽ》哈《ヽ》」

マーラー氏は昏倒した。

すぐさま、光の爆発が起こった。

世界は平たくなり、小さく折りたたまれ、裏返しに闢《ひら》かれた。

第二四章　ライムント警部

（ライムント警部の捜査日記より）

＊

一一月四日
昨夜、ホフマンスタールの助言にもとづき、部下二〇人を引き連れて幽霊店舗付近を張り込む。

しかし店舗は現われずじまい。ホフマンスタールの証言は虚偽なのであろうか。性格としてはかなりの夢想家タイプで、言動に奇妙な浮遊感が漂っている。証言内容は要注意だ。

……何かがおかしくなっている。マーラー氏の失踪など知らないという人間が署内にいるのだ。本官と行を共にしてきた速記者もそうだ。気が違ったとしかいいようがない。念のため中間報告を兼ねてアルマ・マーラー夫人を訪ねると、ペテルスブルクに出かけたという。しかも夫婦同伴での演奏旅行に！　いったいどうなっておるのだ⁉

いそいでかつての証言者を何人か訪ねる。彼らは異口同音に何のことでしょうと訊いてきた。みんなくたばるがいい。

速記録を探すが見つからない。くそっ！

時間がかかったが、ホフマンスタールを再訪。彼は失踪事件の存在を否定もしなかったが、肯定もしない。あらゆる事件が現象可能だからとぬかす。われわれが出会えるのはその一部に過ぎない、と例によってわけのわからないことをいう。幽霊店舗に関するホフマンスタールの証言の真偽を確かめるという理由で任意同行を求めたところ、以外にもあっさり同意。不同意ならば強制連行したところだが……

こうなれば、何としてでもその幽霊店舗に踏み込む必要がある。このままでは、本官の脳味噌がどうにかなってしまいそうだ。

＊

ホフマンスタール邸を出たときにはすでに夕闇がせまっていた。ライムント警部は納得しない部下達を引き連れ、ホフマンスタールとともに再び幽霊店舗出現地とされるボークナー通りを張り込んだ。アム・ホーフ教会に折れる小路の角はもう真っ暗である。

虚無から誕生したばかりの糸のような月が昇る。張り込む側も赤子のような初々しさに緊張がほぐれる。ホフマンスタールは警部に突入を思いとどまるよう、しきりに説得を繰り返していたが、聞き入れられる様子がないので寝入ってしまった。

いつの間にか店が現われていた。現われた瞬間に気がついた者は誰もいない。

ライムント警部はおそるおそる扉に近付いた。『風の館』と書かれていた。警部は振り返って部下のほうを眺めた。部下達は拳銃を取り出し、扉に対して半円形に援護体制を組んだ。しかし、誰も率先して中に入ろうとはしない。警部は部下に頼るのを諦めた。

「よしッ、踏み込むぞ！」

しぼりだすようなしゃがれ声だった。

ギギイと扉の開く音を残して警部の姿は店の中に消えた。

第二五章　帰還

死神の鎌のような月が森に沈もうとしていた。男は地面に這いつくばり苦しそうにうめいている。もうひとりの男が煙草を捨て、顔色を探るようにかがみ込んだ。

「大丈夫ですか、マーラーさん」

ううッ、という答えしか返ってこない。

「あんなにワインをがぶ飲みするからですよ。そりゃあ、おれ達が絡んだのは悪かったですがね」

マーラー氏はようやく体を折って起き上がった。頭が割れるように重い。

「ああ、ペーターか」

男は、気になってマーラー氏の跡を追ってきたペーター・アルテンベルクだった。

「さあ、もう帰りましょう」

「すまないな」

ペーターに肩を預けてマーラー氏は立ち上がった。歩き出すとすこし気分がよくなった。

「わたしはどうしたんだろう……何も憶えていない」

「あたりまえですよ、あれだけ酔っていたんだから」

「そんなに飲んでいたのか」

「オペラ監督の解任がショックなのはわかりますがね、自分の体のことも考えないといけませんや。それにニューヨークが待っているんでしょう」

「ああ、そうだ。その通りだな。ええと今日は一〇月の八日だったかね」

「もう九日でしょう」

夜は考えていたよりも深い。

するとと今日のうちにロンドンにいるニューヨーク・フィルの代理人に会いに出発しないといけないのだ。帰ってきて来月早々にはペテルスブルクに演奏旅行に出かけるのだから。

しばらくアルテンベルクに支えられながら歩くうち、胸に軽い痛みを感じたので、マッサージしようと手を差入れた。その手に当たったものがある。出してみるとリング飾りのついた青いワイングラスだった。

「どうしてこんなものが?」

「なかなかよさそうですね。ちょっと小振りだけど、年代物かな……おや、これと似たようなのをリヒャルト・シュトラウスのところで見たことがありますよ」

「ふーん。そういえばそんなものがあったかもしれないな」

アルテンベルクはワイングラスを手渡してもらい、撫でるようにみつめている。

「珍しいこともあるもんだ。これも同じだなあ。ほら」

そういってマーラー氏にグラスの底を見せた。そこには「མ《マ》」の文字があった。

「アルファベットのgみたいだけど、リヒャルトがいうには、アジアの奥深い場所で用いられていた古代文字だっていうんです……何だかわかりますか」

もう一度マーラー氏はそれを見た。

「いや、知らないな」

マーラー氏はそれっきりワイングラスには気にも止めなかった。

ふたりの行く手にはウィーン南の森が裸体のようになだらかに横たわっていた。


一年後の夏、マーラー氏はハンス・ベトゲ編訳の『中国の笛』による交響曲『大地の歌』の草稿を完成させた。その途中、第六楽章の『告別』にかかった時、マーラー氏は頻繁にデジャ・ビュに襲われた。以前どこかでこれをすでに作曲したような気がしてならなかった。東洋的な音がどうしても必要な箇所に来たとき、頭の中ではその音が鳴り響き、音色も鮮烈にわかっているにもかかわらず、何の楽器かわからないという事態に悩まされた。さんざん考えた挙げ句、マーラー氏は楽器の追求を諦め、交響曲ではめったに使ったことのないマンドリンで代用することにした。

それがじつは箜篌の音色だったことはマーラー氏の知る由もなかった。

終章　不条理な交替

熱気が口に入り込んで息苦しい。見上げると焼き尽くすばかりの金色の円盤があった。背後を振り返ると入ってきた扉のあとかたもない。

丘の向こうから声が聞こえてくる。さくさくとした足音、がやがや怒鳴りあう人の声。その一群はやがてライムント警部に近付いてきた。ラクダの隊商だった。うさん臭い目で見ながらゆっくり横切っていく。しかし、顔を黒い布で覆ったまま、誰も声をかけてはこない。

「!?」

警部は限りなく後悔していた。目の前にはさらさらと音を立てて流れる砂漠があるだけだった。

風が吹き始めた。

（完）

マエストロ、行方《ゆくえ》しれず

2013年8月11日　第1刷発行

著　者 ── 泉《いずみ》　竹史《たけし》

発行者 ── 佐藤　聡

発行所 ── 株式会社 郁朋社《いくほうしゃ》

〒101-0061　東京都千代田区三崎町 2-20-4
電　話　03（3234）8923（代表）
ＦＡＸ　03（3234）3948
振　替　00160-5-100328

印刷・製本 ── 日本ハイコム株式会社

装　丁 ── 立花　幹也（イエロードッグスタジオ）

落丁、乱丁本はお取り替え致します。

郁朋社ホームページアドレス　http://www.ikuhousha.com
この本に関するご意見・ご感想をメールでお寄せいただく際は、
comment@ikuhousha.com までお願い致します。

　ISBN978-4-87302-564-3 C0093